天上音楽

千司 澪

Mio Sentsuka

文芸社

天上音楽◎もくじ

物心がついた頃から、鹿子《かのこ》は大雪山連峰を見上げていた。彼女は、雪の冠を頂いた夏の姿より、全身を白の衣で包み、そこへ鋭い刃物で切れ込みを入れたように蒼い線を描く冬の貌《かお》の方をより好んだ。

一口に大雪山、と言っても、その名の山は存在しない。旭岳を最高峰とし、黒岳等の幾つかの山岳を総括して、「大雪山」と呼ぶ。また、正確には「だいせつざん」と言うのだが、地元の人間は「たいせつざん」と濁点をつけずに呼んだ。鹿子も無論、後者で呼ぶ。誰が、その名をつけたのかは知らないが、「大きな雪山」という意味でつけたのならば、「だい・せつざん」と呼ぶべきなのだろう。

だけど、と彼女は思う。

真冬の晴れた日の大雪山は、一年を通して見る中で最も美しい。一枚ガラスのように透き通った、透明に近い青い空と、山々の底辺が混じり合い、融け合って、まるで空に浮かぶ蜃気楼の城のようだ。確かに、この地上に存在する連山が、美しい幻のように見える。

春が来て暖かくなると、地上の雪は融けて泥と一緒になり、車のタイヤや人々の足に踏まれ、塵芥《じんかい》に塗《まみ》れて醜く変貌する。それに比べると、遠く高みにある山々は気高く清冽で、ただただ美しかった。

そんな姿を知っているからこそ、地元の人々は濁点をつけて呼ぶ事に、何となく抵抗を感じるのではないか、と鹿子は思う。濁った響きは、目にする姿とそぐわない。それに「たいせつ」は「大切」と繋がる。この山は、この土地に生きる人々にとっては、シンボルのような存在だ。

「この辺りの人達は、暫く故郷を離れて久々に帰ってきた時、あの山を見て『帰ってきた』と実感するのですか?」

以前、吉野が、そう彼女に訊ねた事があった。あれは、初めて彼が旭川に来た時。会うのは二度目で、お互い話の接穂《つぎほ》に苦労していた頃だった。四月の末といえども、まだ肌寒さを感じさせ、ジャケットは手放せなかった。上川神社へ続く橋の上で、雪融けで水嵩の増した、走るような水音を聞きながら。

「……そうですね。と言うよりも、あの山のない土地に違和感を持ってしまうと思います。

私は、そうでした。気がつくと、よく空を見ていましたから」

「それで旭川に戻ってきたんですか？」

「……それが全ての理由ではありませんけど……半分は、そうですね」

それ以上、吉野は訊ねてこなかった。もう半分の理由を知っていたからだ。

——あの日から、一年が過ぎた。だが、今も何も変わっていない。何事もなく日々を過ごした事は良かった、と言えるのか、悪かった、と呼ぶべきなのか、鹿子には判断できなかった。

だが、この状況が続く訳がないと彼女は知っている。そして、彼女自身が遅かれ早かれ、結論を出さねばならない事も。

第一章

そこは、古い日本家屋だった。

板張りの長廊下を道なりに歩いていく。廊下の側面は閉ざされた障子が、ずっと続いていた。隙間からは、髪の一筋程の光すら漏れてこない。古い家に特有の、木の匂いが鼻先をかすめた。沈んだ冷気が頬を撫でる。薄暗い廊下、障子の向こうは部屋になっているのだろうが、こそという音もしない。人の気配もない。自然と歩みは遅くなり、摺り足となる。少し板を鳴らしただけで、大音響になりそうだ。

廊下のつきたところには杉戸があった。それを引くと、光の洪水に襲われて、目の前が真っ白になった。徐々に目が馴れてくると、そこには鮮やかな緑の庭が広がっていた。大きな瓢箪の形をした池があり、中央には朱の橋がゆるいアーチを描いてかかっている。池の側には石灯籠が置かれている。松や櫟、楓等が配置よく植え込まれ、まるで一枚の絵のようだ。

庭に目を奪われて、明るい日差しに手を引かれるように、縁側を歩いていく。不意に、背後で人の気配がした。

振り返ると、そこには開け放たれた座敷があった。十畳の広さがあり、床の間には龍胆《りんどう》が白磁の一輪差しに活けられている。座敷に踏み込んだが、人の影も形もない。飴色になっている柱、藺草《いぐさ》の芳ばしい香り。欄間には琵琶を奏でる天女が彫り込まれている。

その時、隣の座敷に続く障子が、ほんの少し開いた。驚いて目を向ける。障子に、白いほっそりとした指がかかる。指しか見えないのに、その艶かしさに胸が鳴った。障子はすっ……と横へ滑っていく。現れたのは、正座をし俯いている、着物姿の女性。黒褐色の地色の着物には青紫色の秋草が染められている。その女性は、ゆっくりと顔を上げた。臙脂《えんじ》の半衿の色が抜けるような白い肌を一層白く見せた。

背中に冷気が走った。瞬きすら忘れ、相手に目が釘づけになった。美人をたとえる時「花のような」という表現をする。が、そこにいるのは「花のような」美女ではなかった。無駄もなければ隙もない、完成された美貌。たとえるなら、日本刀のようだ。冴えた光と余分なものを全て取り除いた、完全な美。見る者を魅了しながらも、触れたら血を流させるような、凄まじい美女。

金属音のような目覚し時計の音に、鹿子は心臓を鷲掴みされたように、飛び起きた。慌てて掌で叩くように音を止める。見ると針は七時を指したところだった。

「……しまった……今日は休みだったのに」

ベッドの上に倒れて、思わずぼやいた。そして、長い嘆息を漏らす。時計の音に邪魔されなければ、夢の続きが見られたかもしれないのに、と。

このところ、頻繁にあの夢を見るのだ。見知らぬ屋敷、見覚えのない庭。一度も夢と同じ場所らしきところへ行った事はない。少なくとも記憶にはない。見覚えがあるのは、あの美女と着物の色だが、それだって本人に直接会った訳でもなければ、実物の着物を目にした訳でもない。

彼女はノロノロとベッドから出ると、少しふらつきながら窓へと近寄った。低血圧なので、朝はいつも辛い。カーテンを引くと、朝の光が目を刺した。良い天気だ、皮肉な程に。パジャマを着替えもせず、洗面所で顔を洗うと、リビングへと向かった。キッチンにいる母の、おみそ汁に入れるネギを刻む音がする。

「お休みなのに、随分早いこと」

振り向きもせず、そう声をかけてきた。

「おはよ……新聞は?」

「玄関の郵便受けでしょ」

自分で取ってこい、という事らしい。鹿子は玄関へ向かい、新聞を引っ張り出すと、再びリビングへ戻った。フローリングの上に、バサリと紙面を広げる。大きな見出しだけを何となく眺めながら、紙を捲っていくと、地方面の、ある小さな記事が目に飛び込んできた。「六月十日、上川神社の舞殿で恒例の薪能《たきぎ》が開催される」の一文から始まり、出演者達が追い上げの稽古に入っている事が、写真つきで掲載されている。眠気が一気に吹き飛んだ。鹿子は新聞を閉じ、ソファに倒れるように座る。左手の薬指が重くなった気がした。

「貧血?」

「……違う。低血圧だから、だるいの」

窓に目を向けながら、彼女は抑揚のない口調で返答する。庭先には、夜露に濡れたまま朝の光を浴びる芝桜が咲いていた。緋や白の絨毯を敷き詰めたように見えて、遠目に見ても色鮮やかで美しい。幼い頃は、ままごとのご飯と化していたが。

「鹿子、あなた二十七になるんだから目玉焼きくらい作りなさいよ」

「はいはい、はいはい」

「返事は一回」

「はあーーーーい」

そう返すと、彼女は「よいしょ」と言いながらソファから立ち上がった。二つ年上の従兄は、彼女が「よいしょ」と言う度に「ババくさい」と言って笑ったものだった。

「何だ、家で一番の寝ぼすけが、今日は随分と早いじゃないか」

父親がシャツにジャージという、ラフ過ぎる格好でリビングに現れて茶化すように言った。

「子供じゃないんだから『寝ぼすけ』はやめてよね」

「酔っぱらって帰って来た次の日は、昼近くまで寝てるだろう」

「失礼ね！　記憶がなくなる程、飲んで帰って来るお父さんと一緒にしないでよ！　三《さん》・六《ろく》のカクテル・バーで、お上品に飲んで帰って来たんですからね！」

「どっちでもいいけど鹿子、焦げ臭いわよ」

「え？　あっ！」

「何だ、目玉焼きも作れんのか？　子供じゃないのに」

「うるさいっ！　もう、お父さんは新聞でも読んでて！」

笑って父親はリビングへと退散して行った。母親はサラダのドレッシングを作り始める。

いつも通りの、平和な朝の光景。

甘やかされた覚えはないが、一人娘という事で、両親は随分と大切に育ててくれた、と鹿子は知っている。まるで真綿で包むように。その真綿が、多少息苦しく感じないでもなかったが、不満を持った事はなかった。自分は恵まれている、そう思っていた。

だが、そんな両親でも、絶対に首を縦に振らない事はあるのだ。京都の大学を卒業し、こちらに戻って来てからの三年間に、彼女はそれを痛感した。今にして思えば、両親にも言い分はあったのだ、と判る。だが当時は、頭ごなしに反対している、としか思えなかった。ただ、私の気持ちを無視している、と。

食後のコーヒーは、父親が淹れる決まりになっていた。父は妙に凝り性なところがあり、自分の気に入った店で豆を買ってきて、飲む分だけを淹れる直前に挽き、コーヒーメーカーを使わず、手で落としていくのだ。

淹れたてのコーヒーの香りを楽しんでいた時、電話が鳴った。

「鹿子、電話」

母親が短く言う。はいはい、と娘は渋々ながらも腰を上げ、受話器を取った。

「はい、竹前で……。吉野さん」

その一言に、彼女の背中へ飛んできたのは、矢のように鋭い二人の視線だ。

「突然ですけど、今日、空いていませんか？　旭川美術館で、鏑木清方が何枚か来ているそうですね？」

「ええ、先週の土曜日から……」

「どうですか？」

「はい、大丈夫です」

「じゃ、十二時前には、そちらに伺いますから、食事の後にでも」

「判りました。じゃ、後で……」

そう返し、鹿子は受話器を静かに置いた。

「吉野さん？」

母親が即座に訊いて来た。確認するように。

「そう」

「——最近、吉野くんと会ってなかったみたいだが……上手くいってるのか？」

新聞に目を向けて、父親が何気なく口を挟んだ。

「お互いに仕事が忙しかったのよ。先月は年度末、今月は年度始めだもの。心配しなくても大丈夫。吉野さんは良い人だから」

彼女はコーヒーの残りを飲み干すと、「ごちそう様」と短く告げて、リビングを出た。そして二階の自室へと繋がる階段を早足で駆け上がる。

ドアを後ろ手に閉めると、そのまま彼女はベッドに倒れ込んだ。仰向けになって天井を暫し見上げていたが、やがて上半身を起こし窓の外へと目を移した。周囲に多少住宅は増えたが、高い建物はなく、子供の頃から見馴れた風景が残っている。建ち並ぶ住宅の中、緑の三角屋根が、彼女の部屋から見えた。歩いても五分とかからない距離だ。が、今となっては、一〇〇キロ先のように感じた。

何故、こんな事になってしまったのか。鹿子には、よく判らなかった。京都の大学を卒業し、北海道に戻ってきた時は、自分には一つの将来しか有り得ない、と思っていたのだ。

「北海道で就職、決まった」

彼女が大学二年の秋、従兄の夏生《なつお》は彼女のマンションの一室に来て、そう言った。鹿子はコーヒーを淹れていた手を止め、振り返った。彼はテーブルの上で頬杖をつき、テレビをぼんやりと見ていた。

「……本気だったの？」

虚を衝かれて、彼女は声を擦れさせた。何となく、従兄は京都に残るような気がしていたのだ。

「本気だったさ。何だ、信じてなかったのか？　信用ねーな」

夏生は軽く笑うと、傍らの灰皿を引き寄せた。鹿子は煙草を吸わない。灰皿は従兄用に置いてあるものだった。

「でも……だって、夏生兄さんにしてみたら、こっちの方が都合良いじゃない。そりゃあ、旭川も宝生流だろうけど」

マグカップを両手に持って、鹿子はテーブルの上に置いた。彼は片方をすぐ手に取ると、

「確かにな。仕舞と謡をするなら、京都の方が都合良いさ。でも……やっぱ、北海道って、自分の還る場所なんだよな」

「……故郷だから？」

「生まれ育ったから、てのもあると思うけど、北海道の土と風、すげー懐かしくなるんだ。

特に京都の夏を経験した後はな。天然サウナ並みに蒸し暑いだろ？　乾燥した空気が恋しいよ」

「……だったら、夏休みや春休みに一度くらい帰れば良かったじゃない。四年間、一度も帰らなかったから、そう思うのよ」

そう返すと、従兄は答えずに苦笑して、マグカップに口をつけた。テレビでは下世話なスキャンダルがトップニュース扱いで報道されていた。

「……家を出た時は、帰ろうなんて、少しも考えてなかったからな……」

七年前の事だ。今となっては、夢の中の出来事だったように、現実味が薄らいでしまったけれど。

枕元の時計に目を向ける。十時半を指そうとしていた。彼女は勢いをつけて起き上がると、ドレッサーの鏡の中の自分を見つめる。化粧気のない、ぼんやりとした、半分眠っているような表情だ。

「……出かける用意、しなきゃ」

自分に言い聞かせるように、声を出す。吉野は十二時前に来る、と言った。おそらく十二時十分前には、家の前に車が停まるだろう。時間には几帳面なのだ。初めて会った時は、そう思わなかったけれど。

服を着替え、化粧を終えると、丁度十一時半になるところだった。ショルダーバッグを持って階段を下りると、

「用意出来たのか？　吉野くん、そろそろ来るぞ」

リビングのソファに深々と座ったまま、朝と全く変わらぬ姿の父親が、よそいきの姿形をしてきた娘に声をかけてきた。

「……人の事より、お父さん、いい加減ジャージはやめてよ。もし、吉野さんが家に上がって挨拶しに来たら、どうするの？　そんな格好で会う気？　恥ずかしい」

父親は笑って、逃げるようにリビングから退散した。鹿子は嘆息を漏らし、父が座っていたソファに腰を下ろす。そしてファンデーションを取り出して、ミラーを覗き込んでいると、

「……良い人なのね、吉野さんは」

母が独り言のように、そう言ってきた。

「何を今更……。お母さんは、初めて吉野さんに会った時から知ってるじゃない」

「そりゃあね。……でも、鹿子。あなた随分と優しい顔になったわ」

そう返すと、母は立ち上がって、庭の見える窓の側へと歩いて行った。その一言に、鹿子は胸の中で微かに疼くものを感じた。どんな罵りの言葉よりも、彼女の罪悪感を刺激した。埋火《うずみび》が灰の中で熱を持っているように。

「鹿子、吉野さんが来たわよ」

窓の外を眺めていた母が、弾んだ声で言った。

鹿子が玄関のドアを開けると、丁度吉野が車から降りたところだった。彼女を見ると柔らかい微笑を浮かべ、

「いい天気ですね。このところ、やっと暖かくなってきましたね」

そう言ってきた。吉野は彼女よりも六つ年上だが、丸顔で、目もビー玉が二つ並んでい

るように丸くて大きい。童顔の上に、常に笑みを絶やさないせいか、実際の年齢より若く見える。だが、声は見かけによらず、深く落ち着いた響きを持つ。そのギャップが面白く、他者に好感を与えた。

「行きましょうか」

「よろしくお願いしますね」

母親が、にこやかに言う。その背後で父親も笑顔を向けていた。朝のジャージ姿から、薄手のニットにパンツ姿という、見られる格好に着替えている。そんな両親を背に、彼女は家を出た。

「良いご両親ですね。いつも思いますが」

そう言いながら、吉野は助手席のドアを開けてくれた。

「そうですか？　娘としてはプレッシャーですよ。何だか、早く嫁に行ってくれ、て無言の圧力をかけられているみたいで」

そう返すと、彼は笑いながら運転席に納まった。鹿子はシートベルトを締めると、

「……吉野さんは、私の両親にとっては救世主なんです」

「それは随分と大袈裟な表現ですね」

苦笑混じりに彼は言う。だが、それは事実だった。

彼女は、緑の屋根が見えなくなってから車窓に目を向けた。春の花の代表と言えば桜だろうが、北海道では四月中に咲くのは難しい。それに、この辺りの桜は花も葉も一緒に咲いてしまう。

春の花、といって鹿子が思いつくのは、蕗《ふき》の薹《とう》や辛夷《こぶし》、木蓮《もくれん》だった。

「来月の今頃は、札幌はライラックが満開でしょうね」

「そうですね。大通公園は、それは見事ですよ」

そう言って、ふと思い出したように、

「ライラックの言い伝えを知っていますか?」

と訊ねてきた。彼女は目を丸くして首を横に振る。

「ライラックは花のついた枝を一本でも剪《き》り取られると、残された花は悲しみのあまり、翌年から花をつけなくなるんだそうですよ」

「……本当に？」

「言い伝えですよ」

「吉野さんて……ロマンチストですよね」

「三十過ぎた、いいオヤジのくせにね」

「年なんて関係ないですよ。今は子供の方がずっと現実的。『お金さえあれば何でも出来る』って」

鹿子の台詞に、彼は苦笑してみせた。そして、

「……僕が感傷的な話に弱いのは、あの絵のせいかもしれませんけどね」

ポツリと呟くその横顔を見つめ、

「……私、この頃、その絵の夢をよく見るんです」

鹿子は何気なく口を開いた。

「どの絵です？」

「今、吉野さんがおっしゃった絵です。以前、お宅で見せて頂いた、掛軸の……」

驚いたように吉野は目を向けたが、慌てて正面を見た。そして。

「強烈だったんですね」

「見た時は、それ程、意識していなかったんですけど……」

語尾を濁し、鹿子は口を噤《つぐ》む。背筋が凍る程の、美女。黒褐色の着物。目にしたのは平面上の、紙に描かれたものだった。なのに夢の中では、美女は血肉を持って現れ、着物は光を帯びて輝く絹の光沢までも見える。まるで、絵のモデルになった女性と直接会っているように。

「どうしました？　鹿子さん」

思いがけずに声をかけられて、一瞬、彼女は今どこにいるのか判らなかった。

「車に酔いましたか？」

信号待ちの、動かない車窓を熱心に見つめていたらしい。慌てて彼女は首を巡らせた。

「……考え事、していて……結婚してからも、吉野さんは助手席のドアを開けてくれるのかな、と」

そう返すと、彼はほがらかに笑う。

「それは勿論」

「してくれます?」

「しませんよ」

そう言うと、吉野は悪戯っぽく笑った。丸い目を細めながら。

「そのかわり、鹿子さんの誕生日には必ずプレゼントをしましょう」

「ここは長寿大国日本ですよ? 私が百歳まで生きても、下さいます?」

「ええ。若いお兄さんじゃなく、百六歳のじいさんからで良ければね」

その言葉に、二人は笑った。

良い人だ、と鹿子は心底思う。「良い人」で終わる異性もいる、と本などに書いてあるが、「良い人」は立派な長所だ、と、彼に会ってから思うようになった。こういう人は、相手が男でも女でも、子供だろうとお年寄りだろうと、同じように同じ態度で接するのだろう。

旭川美術館は常盤公園の一角にある。公園の隣には高い土手が続いており、そこを越えると、石狩川が街を分断するかのように流れている。公園は市民の憩いの場所となっており、美術館から池を挟んだ反対側には、市立図書館も建っていた。そこは、鹿子の勤め先でもある。美術館の駐車場に車を停め、二人は館内へと向かう。建物の影や樹の下など日当たりの悪いところには、まだ雪が地面にへばりつくようにして残っていた。

催し物は「美人画名作展」だった。鈴木春信、鳥居清長の浮世絵や、上村松園、鏑木清方、伊藤深水等の作品が集められていた。

館内に入ると、顔見知りの職員や学芸員の人が、「あら」という表情で会釈をしてくる。鹿子も一応、頭を下げるが、足早に吉野を展示室へと誘《いざな》った。

「……絵の女性は綺麗ですよね。品があって、幽艶《ゆうえん》で、永遠に年を取ることがなくて……見ていて溜め息しか出ませんもの」

館内なので、鹿子は声を潜めて言った。

「……それは、返答に困るお言葉ですね」

「良いんです。これは愚痴ですから。下手な慰めを言われても全然嬉しくないですし、お世辞なんて言われた日には、口も利きたくなくなります」

そう返すと、彼は肩を竦《すく》めて見せた。が、目は如才なく絵の隅々までも追って見ている。それは単なる興味からなのか、職業柄なのかは、彼女には判らないが。

「……吉野さん、ご自分では画家を目指さなかったんですか?」

「学生の頃は、そんな夢もありましたが……」

そう呟くと、彼は苦笑を浮かべた。

「好きこそ物の上手なれ、とは言いますが、好きと才能に恵まれる、は必ずしもイコールで結ばれませんからね」

「でも、絵に携わるお仕事をしてらっしゃるのですから……余程、お好きだったんですね」

「諦めが悪いのと、運が良かっただけですよ」

その時、椅子に座っていた女性が空咳をした。ペラペラ喋らずに大人しく絵の鑑賞をしろ、という事らしい。二人は目を合わせて、微かに笑った。

美術館を出ると、昼下がりの日差しが心地よかった。冬とは明らかに違う、柔らかな空気。

「鏑木清方の描く女性は、美しいですね」

思わず、鹿子は嘆息混じりに呟く。続けて。

「着物と帯とか、小物の合わせ方とか、色とか……」

その時唐突に、吉野の携帯が鳴った。

「すみません」

そう言うと、彼は背を向けて電話に出た。

「はい、吉野……ああ、お疲れさん」

口調が変わった。店員のようだった。

「うん、うん………何だって?」

意外な事でも起きたのか、彼らしくない頓狂な声をあげた。

「……判った……すぐ戻る」

電話を切ると、彼はくるりと振り返った。顔を見ると、申し訳ない、と書いてあるような表情だ。

「すみません、鹿子さん。急用で、札幌に戻らなければ……」

「ええ、判ってます」

「本当にすみません。僕から引っ張り出しておいて。家まで送ります」

「いいえ、折角街まで来ましたから、少しふらふらして帰ります。吉野さん、真っ直ぐ札幌へ向かって下さい。急がれた方が……」

彼は少し思案するような表情を浮かべたが、

「――そうですか？　では、お言葉に甘えて」

そう返し、駐車場へ向かって二、三歩進んだところで足を止めた。そして振り向くと、

「必ずお詫びしますから」

と言い、早足で行こうとした。

「――吉野さん！」

思わず鹿子は呼び止める。彼は躓いたように立ち止まると、再び顔を向けた。次の台詞を待つような、問いかけの視線を投げて。彼女はと言うと、呼び止めておきながら、喉まで出かかった言葉を思わず呑み込む。そして泣き笑いのような表情で。

「あの……気をつけて」

明らかに言いたい事とは違うであろう台詞に、彼は気になるような、物足りなさそうな表情で彼女を見つめる。が、気を取り直して笑みを向けると、小走りになって駐車場へと向かって行った。

その背中を見送り、彼女はそっと溜め息をついた。春の匂いのする風が、髪を揺らせた。まるで慰めてくれるように。風の形を描く髪を手で押さえ、彼女は公園内の池の方へと向かって歩き出した。

吉野は六つ年上なだけに、十分過ぎる程「大人」だった。「あの事」に関しては、初めて会った時に一度だけ訊ねてきたきり、全く口にしない。彼女の傷を抉《えぐ》るような真似をしたくないからだろう。それは有難くもあり、負担でもあった。もっと、しつこく訊いてきたり口にしたりしてくれれば、これ程苦しくはなかっただろう。尤も、そんな人だったらこうして会う事もなくなっただろうが。彼に優しくされればされる程、鹿子の中の罪悪感の塊は雪だるま式に膨れ上がっていった。その反面、彼の包容力に甘え、居心地の良さを感じている彼女自身を見つけていた。

目に入った古い木のベンチに腰を下ろし、周囲を見るともなく見つめていた。天気も良く、気候も穏やかになってきたせいか、小さな子供を連れた若い夫婦が目についた。長く厳しい冬が去り、暖かな春が来る。この季節を北国の人間が、どれ程待ち望んでいるか。そのせいか、行き交う人間の表情も、どこか安堵しているように温かい。幼い子供の無邪気な笑い声が、春の日溜まりを一層温かくしている。それを見つめている若い夫婦。鹿子と、そう年も違わないだろう。

彼女が望んだ光景が、そこにあった。

二十四、五で好きな人と結婚し、家庭に入る。そんなつまらない程に平凡な幸福。決して大それた幸運を願った訳ではない。それが、今年の六月で二十七を迎える。

彼女は深い、深い嘆息を漏らした。その時。

「良い天気ですね」

柔らかく静かな声が、突然、隣から聞こえてきた。ギョッとして素早く目を向ける。今の今まで、人の気配などしなかったのだ。

相手を見て、彼女は声をかけられたのと同じくらいギョッとした。そこにいたのは、彼女と同い歳くらいの男性。北海道では珍し過ぎる竪縞の和服の着流し姿。痩せて頬が削げている上に、肌は日差しの下で見ても青白い。一見すると病人のようだが、漆を塗ったような黒髪と、驚く程に黒目がちの切れ長の双眸《そうぼう》が、薄い身体に生気を帯びさせているようだった。

相手は、ベンチに座っている鹿子を見下ろした。綺麗に澄んだ瞳だが、どこか人を冷やりとさせる鋭さがある。威圧するような空気を感じて、鹿子は息を呑み、ベンチに座ったまま後退りした。が、男は不意に人懐っこい笑みを向けてきた。その笑顔は、日向の草の匂いのする少年のようだった。それに励まされて、

「……どちらから、お越しですか？」

そう訊ねてみた。すると。

「地元の人には見えませんか？」

ちょっと驚いたように、相手が問い返す。声は、やや高めで澄んだ響きがした。吉野の声をチェロにたとえるなら、ヴァイオリン、といったところだろうか。鹿子は思わず笑いかける。

「ここは、お正月に着物で街を歩いても、目を引くような土地柄ですよ。こんな普通の日に着物を着てる男の人なんて、いません」

そう返すと、相手は自分の格好を見つめて、苦笑した。

「……なるほど、残念ですね」

「観光ですか？」

「いいえ、探しものです」

「え？　何か落としたんですか？」

慌てて腰を浮かそうとした彼女に、彼は笑いながら、違うと首を横に振った。

「落としたものではないんです。ただ、見つけたくて、ずっとずっと探しているものがあるんです」

「埋蔵金みたいですね。何を探してらっしゃるんですか？」

「音楽です」

「…………は？」

「天上の音楽を探しているんです」

第二章

平日の午前中の図書館内は、静かな空気が流れている。子供や学生は学校だし、一般人は会社へ出勤。来るのは大学生、フリーター、主婦、一休みしに来た営業マン、と、少なくとも騒ぎを起こす人々とは言えない。

鹿子は返却された本をカートにのせて、本棚の山の間を移動して行った。本の番号を見て、元の居場所へと戻していく。人気のある本は、番号を確認しなくても、納まる位置が判っていた。

「竹前さん、終わったらハリ・ポタの修理してくれる?」

通りすがりに司書の男性が、そう低い声で言ってきた。

「え? この前、直したばっかりじゃありませんでした?」

「それが、もうボロボロなんだ。頼むよ」

彼女は苦笑を浮かべながら頷き、最後の一冊である『平家物語』の口語訳を戻そうと、日本文学の棚のところへ行った。そこに立っている人物を見て、思わず足を止める。無意識のうちに失笑していた。

「――夏生兄さん」

そう呼んだ声は、自分でも驚く程、乾いていた。『謡曲集』と書かれた厚いハードカバーの本を読んだまま、従兄は振り向きもしなかった。こんなところで何をしている、と喉まで出たが、問わなくても予想はつく。遅刻する、とでも勤め先の市役所の方には言ってきたのだろう。彼はパタン、と本を閉じると、それを元の棚に戻し、彼女のすぐ横を通り過ぎて行った。その時、彼女が持っていた『平家物語』の上に、白い封筒をのせて。

「――仕事の後、例の場所にいる」

早口で囁かれた台詞に、鹿子は目を大きく見開く。慌てて振り向いたが、棚の山へと消えていった背中に、声はかけなかった。彼女は本を脇に抱えると封筒の中に指を入れた。取り出した物は、来月の薪能の招待券だった。彼女は下唇を噛み、それを見つめていた。

受付に戻ると、司書の一人が、

「竹前さん、さっき従兄の人が来てたよ」

そう声をかけてきた。

「……そうですか……」

「似てるね──。従兄妹というより、兄妹だよ。間違えられない？」

「……よく、そう言われます。昔から」

「父親同士が双子でも、やっぱり似るもんなんだね。母親が双子だったら、何となく似てるのも判る気がするけど」

鹿子はそれに何も答えず、自分の席に座ると、机の引き出しの中に、そっと封筒をしまい込む。来い、という事なのだろう。彼女は薄い吐息を漏らす。机の上に置いた左手の薬指に光る物を見つめながら。

狭い街の、しかも近所に住んでいるのだ。鹿子が今、どんな立場にいるのか、知らないはずはない。第一、父親が叔父・修二朗に婚約した事を話しているのだ。彼女は二ヶ月前、吉野と婚約する直前に、携帯電話を解約した。あちらからの連絡の取りようがなくて、わざわざ図書館まで足を運んだのだろう。

「すみません、検索したい本があるんですけど、パソコンの使い方が判らなくて……」

目の前で突然、そう声をかけられた。彼女は我に返って目を上げる。そして、いつもの日常に戻った。


六時が過ぎ、鹿子が帰る準備をしていると、

「お疲れさん、悪いんだけどさぁ、帰りに郵便局に寄ってくれる?」

司書の一人が、封筒の束を持って近づいてきた。

「いいですよ、帰り道ですから。返却の催促状ですね?」

「そう。本日は六通」

それらを受け取り、何気なく宛名を見ていると、

「あら、またですか?　川田さん」

「そう。もうブラックリストものだよ」

大仰に溜め息をついてみせる同僚に笑みを返し、彼女は図書館を出た。

五月に入ると、今まで眠っていた花達が、一斉に歓喜の声を上げる。梅、桜、水仙、チュー

リップと、ほぼ一緒くたに咲き誇る。花の季節感というものはないが、色鮮やかな花が競うように開花するさまは、まさに百花繚乱の言葉に相応しい。

春の花が色鮮やかで美しいのは、長く辛い冬に負ける事なく、時が来るまで堪える強さがあるからだ、と父親は、鹿子が幼い頃に話してくれた。その信憑性はともかくとして、春の花の美しさを否定する者はいないだろう。

彼女は車を街中の郵便局へと走らせた。頼まれた物を投函し、ふと目を転じると、この頃めっきり少なくなった電話ボックスが目に入った。彼女は、その中に入ると、携帯を持たなくなったかわりに、持ち歩くようになったテレフォンカードを公衆電話に飲み込ませる。

三度目のコールで、フロント係の女性の声がした。

「――一階の、バルビゾンというティーラウンジをお願いします」

そう告げると短い返事がして、保留音が流れ出す。サティの『ジムノペディ』だ。

「はい、バルビゾンです」

「――伝言をお願いしたいんですけど」

「はい、どうぞ」

「そちらに、竹前という三十前の男性が一人、来るか……もしくは、いると思うんですけど……その人に『行けなくなりました』と……」

「はい、かしこまりました。お客様のお名前は？」

「……すみませんけど、よろしくお願いします」

鹿子は受話器を置く。同時に、電話機がカードを吐き出した。耳障りな高い音が、彼女を責めているように聞こえる。素早くカードを取り、電話を黙らせると、彼女は逃げるように電話ボックスを飛び出した。

車に乗り込み、ハンドルを握ったまま頭をハンドルの上に預ける。クラクションを鳴らさないようにしながら。

（何やってるんだろ……）

言葉に出来ない声を、心の中で呟いた。

（何やってるんだろ、私……）

ただ逃げているだけだ、目の前の問題から。それは判っている。だが、自分でも、どうしようもなかった。何故なら、彼女は逃げ出したいのだから。勿論、いつまでも逃避していられるはずもない。最終的には結論を出さねばならない。それも、判ってはいた……。

その時、車の窓をコンコン、と叩かれた。驚いた拍子に、思いきりクラクションを鳴り響かせてしまった。慌てて窓を開けると、そこには婦警が立っていた。

「具合でも悪いんですか？」

余程、顔色が悪いのだろう。相手は心配気に眉を寄せながら、訊ねてきた。

「いえ……大丈夫です。ごめんなさい」

「だったら良いですけど……ここは駐車禁止ですからね」

鹿子は数回頭を下げると、車を走らせた。真っ直ぐ家へ帰ろうかと思ったが、気を変えて一条通りに出ると、東へ向かった。やがて道路沿いに、ライフ・ラプサンという紅茶の専門店が現れる。駐車場に車を停め、彼女は一人で店内に入った。平日の夜なので、それ程混み合ってはいない。彼女は窓際の席に座ると、キーマンとスコーンを頼んだ。そしてバッグから、一冊の文庫本を取り出す。

ヘミングウェイの『武器よさらば』だった。だが、ページを開いても、ただ字を眺めているだけで、内容など全く頭に入らない。考え事をしている時の読書は、身が入らないものだ。

——ヘミングウェイは、夏生の贔屓にしている作家だった。彼は学生の頃から、アメリカの作家のものを好んで読んでいた。メルヴィル、サリンジャー、ケルアック、オースター……中でもヘミングウェイは殊にお気に入りだった。

鹿子は、というと、アメリカの作家では、ヘンリー・ジェイムスが唯一のお気に入りだった。他の作家は、あまり興味を持てなかった。惹かれなかった、という方が合っているかもしれない。だが従兄は、彼女に読む事を強制した。自分の好きなものは、鹿子も好きなはずだ、と言わんばかりに。仕方なしに読み始めてはみても、気が乗らない分、あまり面白いとも思わなかった。大体、女子高生に『老人と海』を読ませて、一体どんな感想を言え、というのか。

丁度、紅茶の入ったポットと温められたティーカップが運ばれてきた。それを機に、彼女は本を閉じるとバッグの中に押し込む。かわりに、白い封筒を取り出した。

六月十日の土曜日、六時開場、六時半開演。チケットを見なくとも、それは知っていた。新聞にも載っていたのだから。昨年の彼女だったら、一も二もなく行っただろう。両親に何を言われようとも。だが、今となっては……。

時々、鹿子は考える。何故こんな事になったのか、と。全ては自分が京都の大学に合格して、旭川を離れた時……そこから全ての歯車が狂い出してしまった気がしてならなかった。

故郷を親元を離れた事を後悔してはいない。あの時間があったからこそ、今現在の自分がいる。だが、十八歳だった当時、彼女は保護者を失った鳥のようなものだった。突然、目の前に広がった大空に戸惑い、心細くなって、頼れるものに縋りついた。……いや、縋りつき過ぎたのだ。

京都の大学を選んだのは、夏生が二年前から、そちらの大学へ通っていたからだった。見知らぬ土地で見知らぬ人々に囲まれて生活するより、一人でも知人がいる方が心安い。まして、子供の頃から知っている従兄ならば尚更だ。それに、彼女が京都へ行く事に大賛成したのは叔父、つまり夏生の父親だった。

便りもなければ帰省もしない息子に困り果てて、叔父は姪に息子の様子を時々で良いから知らせて欲しい、と泣きついた。

鹿子の両親も、従兄が娘の近くにいる事に、少なからず喜んでいた。下宿先を探す折、両親は京都に来て、夏生も共に下見に付き合った。大学に近くて交通の便も良く、周囲の環境も悪くないところ、という条件でワンルームのマンションを探したが、従兄の意見はかなり参考になったし、反映された。

「夏生兄さん、鹿子をよろしく頼むよ」

その時、両親は何度も彼に向かって言ったのだ。

京都で暮らし始めた最初の三ヶ月は、鹿子は毎日のように従兄の下宿先へと足を運んだ。

親元を離れたせいか、人恋しくなっていたのだろう。あまりに足繁く通ってくるので、当初は迷惑顔だった従兄も、とうとう降参して、

「合鍵渡しとくから、好きな時に来な。ただし失《な》くすんじゃないぞ」

と、鍵を一つ鹿子にくれた。だが、その頃から、鹿子は段々と京都にも大学にも馴れ始めていた。そのため、鍵を受け取ったものの、春と比べると、夏生の部屋には足を向けなくなり始めていたのだ。

あれは、大学一年の秋だった。

彼女の受けている講義が、突然休講になったので、半日空いてしまったのだ。図書館で時間を潰そうかとも思ったが、ふと思いついて、夏生の部屋に行ってみる事にした。というのも、夏期休暇で旭川に帰省した時、案の定、顔も見せずに京都でバイトに勤《いそ》しむ息子を叔父は寂し気に笑っていたからだ。

丁度、新栗の季節だったので、彼女は遠回りをして四条通りに面している店の天津甘栗を一袋買い、従兄の部屋へと向かった。彼は出町柳の近くに住んでいたのだ。

従兄の借りている部屋があるマンションに着くと、合鍵を取り出した。ふと、驚かせてやろう、と茶目っ気を出してしまった。三年の彼は、大学へは週に三回通っているだけで、その曜日はバイトもなく、部屋にいるはずだった。

音を立てないように、そっと室内に入り込むと、昼間だというのに薄暗かった。カーテンを閉めていたのだ。それに、低い唸り声が漏れ聞こえていた。風邪でもひいて、寝込んでいるのだろうか、と鹿子は狭いキッチンを抜け、八畳間の方へと足を進めた。

目の前に突きつけられた光景を彼女は一瞬、理解できなかった。が、次の瞬間、思わず後退りして、足下に置いてあったバッグを蹴とばしてしまった。中に入っていた物が、音を立てて床に散らばった。

その物音に驚いて、ベッドにいた人影が身を起こし、素早く彼女の方へ振り返った。

「――鹿子」

夏生の声に、横たわっていた女が蒲団を胸まで上げて、視線を投げてきた。敵意を含んだ瞳は鹿子を見た瞬間、驚きに変わった。数度瞬きをして、夏生と鹿子を交互に見比べていたが。

「——夏生って、双子じゃなかったわよね？……妹さん？」

鹿子は声もなく、よろめくように後退りしたが、弾《はじ》かれたように踵を返し、従兄の部屋を飛び出した。そして、どこをどう走ったのか、気がつくと賀茂川の川縁に立っていた。秋の夕暮れ時の光を受け、漣《さざなみ》のように見える川面が、黄金色に輝いていた。

暫時《ざんじ》、川上へ向かって歩いていたが、風に乗って、どこからともなく金木犀の香りがした。北海道では嗅ぐ事のない、甘い匂いだった。その芳香に足を止めさせられ、彼女は近くのベンチに腰を下ろした。手に持っていた甘栗は、すっかり冷めてしまっていた。

彼女にとって夏生は、従兄というより兄のような存在だった。近所で暮らし、互いに一人っ子で、共に大きくなった。共有する思い出を沢山持ち、一番身近で気安い存在。その事に不満も疑問も持った事などなかった。

中学、高校と過ごしてきて、お互いに思春期と呼ばれる季節を越えてきたが、異性として意識するには、身近な存在でありすぎた。だからこそ、普通に互いの部屋を行き来していたのだ。

皮肉な事に、その時見た光景が、鹿子に夏生を「男」として意識させた。

あの日から数日後、夕食を終えた時間に、夏生がふらりとやってきた。

「モンブラン買ってきたぞ」

そう言うと、鹿子の手に箱を渡した。彼女の好きな、『マール・ブランシェ』のものだった。

「寒くなってきたな――、コーヒー淹れてくれよ」

悪びれもせず、そそくさと中に入ると、小さなリビングのテーブルの前に腰を下ろした。

彼女は何も言わずに、やかんを火にかけた。

コーヒーを淹れてリビングに行くと、従兄は空になった缶コーヒーを灰皿がわりにしてタバコを燻らせていた。夏生の前にケーキをのせた皿とフォークを置くと、

「――あの女の人、彼女?」

一口ケーキを頬張ってから、何気なく訊ねた。すると、

「いいや」

あっさりと夏生は否定した。鹿子は目を向けると、彼と目が搗《か》ち合った。彼は苦笑を浮かべながら、

「そう非難がましい目で見るなって。ちゃんと詫びを買ってきただろ?」

半分以上残っているタバコを缶の中に放り込むと、コーヒーを飲み始めた。

「——けど、好きなんでしょ? あの人の事」

そう訊ねると、彼は突然噎《む》せ始めた。夏生は、鳩が豆鉄砲を食らったような顔をしていたが、次の瞬間、声をあげて笑い出した。

「——何よ?」

「ほんっと……鹿子は、お子ちゃまだなぁ」

思わず彼女はムッとした。人を見下すような態度や言葉は、彼女が最も嫌っている事だったのだ。それを見て、

「怒るなって。これは誉め言葉なんだぞ? 純粋培養されたからなぁ、鹿子は。伯父さん

伯母さんが大事にしているのが判るよ」

「……叔父さんだって夏生兄さんを、大事にしてるわ」

そう返すと、彼は失笑した。

「——親父か」

皮肉気な響きに、鹿子は思わず眉を顰めた。

「判らんもんだよな。同じ双子でも、あんなに違うんだから。片や大手建設会社の重役、こなたうだつの上がらない地方美術館の学芸員」

「……でも、叔父さんの話は面白いわ。美術に詳しいし、画家や彫刻家の事にも……」

「学芸員はな、どんなに経験積んだって、ずっと一学芸員のままなんだ。館長に任命されるのは、外からの天下ってきた連中なのさ。つまり親父は、あのまま頭打ちって訳だ。その事に本人も満足してるときてる——」

そう一息に話すと、従兄はふん、と鼻で笑ってみせた。

「——叔父さんは、単に美しいものが好きなのよ。出世だけが全てだとは思わないけど」

「甘いな——、鹿子。甘い甘い」

「甘くたっていいわよ。綺麗なものが好きって事は、心が豊かな証拠じゃない」

「そうだな。綺麗なものが好きで、お袋を選んだ。そして、あっさり捨てられて逃げられたって訳だ」

「……兄さん」

諫めるような声を出す彼女に、夏生は肩を竦めてみせた。そして三口くらいでケーキを食べると、コーヒーを飲み干した。まるで喉を潤すためのように。

「俺にはお袋の気持ちが判るよ。親父といると苛々するし、息が詰まる。今にして思えば、お袋は美人な上に肉感的だったからなぁ」

「……でも、父さんも母さんも、叔母さんを良く思ってないわ」

彼は再び鼻で笑った。そんな事は大した問題ではない、とでも言うように。鹿子は、あの時の女の人を思い出した。薄暗い室内ではあったが、白というよりは浅黒い肌、厚めの唇、挑発的な強い大きな瞳。叔母と、どこか面差しが似ていた。尤も、叔母は鹿子が十歳の時、どこぞの若い男の人と一緒に出て行ったのを最後に、会っていないが。

「……夏生兄さんは、叔母さんの事……自分のお母さんを、恨んではいないの？」

「恨むどころか同情してるよ。親父みたいな奴と、一時の気の迷いでも一緒になって、貴重な時間を無駄にして――」

「そんな言い方、やめてよ！　叔父さんが可哀そうだわ。とても優しい人なのに」

「優しい？　気が小さいの間違いだろ？」

そう言うと、従兄は笑った。

「お前も男と寝てみれば、親父みたいなタイプは嫌だって判るさ。何なら、誰か紹介してやろうか？」

一気に身体中の血が逆流した。身体が震えた。あの日の彼と女の姿が、脳裏を過《よぎ》った。怒りで言葉が出なかった。目が霞み、熱いものが頬を伝った。

「おい、おい。冗談だって」

苦笑混じりに夏生は言った。続けて。

「鹿子は、本当に子供だな――」

「私は十九になったのよ！　誕生日くらい覚えてるでしょ」

涙混じりに彼女は返した。涙が止まらず、俯いて肩を震わせていた。腹立たしいのか、哀しいのか、彼女自身も判らなかったのだ。ただ、涙が止まらなかった。不意に夏生の手が伸びてきて、彼女の頬を指で拭った。筋ばった手、男の人にしては細くて長い指。目近で彼の手を見たのは、初めてだった。

目を上げると、心配気に覗き込んでいる彼と、目が合った。合ってしまった。一瞬の沈黙。いつもと違う空気にハッとして、鹿子はその手から逃れようとした。が、身体が麻痺したように動かなかった。その後の事を鹿子は、今でもよく思い出せない。

ただ、その日から夏生は、鹿子の家へ泊まっていくようになった。その反面、例の女とも手を切っていなかった。

夏生は面白がっていたのだ。たとえ、鹿子と二人きりのところを見つかっても、彼女の部屋に泊まると言ったとしても、傍目から見てもそっくりなのだ。相手は何の疑いも持たずに、二人は兄妹だと思ってしまう。家族構成の話など、友人にも恋人にもそう話したりしないから、尚更だ。

堂々と「他の女」と会っていながら、それが露見しない。嘘をついている訳でもないのに、相手は都合よく誤解してくれる。それが愉快だったのだろう。

「双子でも違う」、そう言った夏生の言葉を鹿子自身が痛感していた。同じような顔立ちをしていながら、彼女には彼の考えている事が理解できなかった。それは性別の違いだけではない。それでも夏生と距離を置こう、と考えた事もなかった。やはり、彼は彼女にとって拠りどころだったのだ。

長い春期休暇が目前に迫った頃、鹿子は英米文学を専攻する男子学生と親しくなった。何かの折に話をした時、お互いに英国のミステリーが好きだ、と判ったのがきっかけだった。夏生は相変わらずだったし、彼女自身、普通の「付き合い」をしたくなっていたのだ。

ところが河原町通りの書店で、その男子学生と一緒にアガサ・クリスティの『The Pale Horse（蒼ざめた馬）』を買いに行った時、夏生とばったり出会った。

「……あれ？　お兄さん？」

案の定の反応をその人は示した。

「……えっと……従兄、なの」

「へえ！　似てるね。兄妹だって、そんなに似てないものだけど」

「――似てようと似てまいと、他人には関係ないだろ？」

棘を含んだ言葉に、鹿子の方が驚いていた。目を丸くする相手に冷ややかな一瞥を投げ、夏生はその場から離れていった。

「あの……愛想なしで、ごめんね」

呆気に取られている相手に、慌てて鹿子は告げた。

そして、その日の夜。やはり夏生が彼女のところへ姿を現した。部屋に入って、くるりと辺りを見回した後の第一声が、

「――あの男を連れ込んでなかったんだな」

だった。鹿子は腹立たしさを抑えて、

「私は、夏生兄さんとは違うわ」

一言一句、噛み締めるように言い返した。すると彼は、片方の眉を釣り上げてみせた。茶化すような光が目に宿り、ベッドの上に腰を下ろすと、

「ふ――ん、どう違うんだ？」

鹿子は黙り込んだまま、横を向いた。

「……夏生兄さんは、あの人と会ってるんでしょ？　だったら、私だって、他の人と会っていてもいいじゃない」

一気にそこまで言い返すと、彼女は正面を見据えた。夏生は、彼女を凝視していた。その目を見返し、

「――私達、従兄妹同士なんだから」

その答えに、彼は喉の奥で笑った。

「そりゃそうだ」

戯《ふざ》けたような声で言った。が、

「――でも、ただの『従兄妹』同士じゃないだろ？」

真っ直ぐな視線が向けられた。彼女も、それには返答できなかった。奇妙な静けさが、室内を包み込んでいたが、それを破ったのは夏生だった。

「――来いよ」

鹿子は身体を固くした。が、その言葉に手を引かれるようにして、足が進んでいった。彼の方へ、と。側まで来ると、夏生は彼女の手を強く引き、ベッドの上に押し倒した。

結局、鹿子は例の男子学生とは、何もないままで終わってしまった。

夏生も暫くしてから、あの女の人と別れたようだった。彼は四回生になるところだったし、当時も就職難だと騒がれていた。遊んでいる余裕がなくなったのだろう。それでも卒業するまでの間、鹿子の部屋には入り浸っていた。「結婚」の文字を口にしたのは、就職が決まり、彼が北海道へ戻る一ヶ月前の事だった……。

あの時、夏生の部屋に行かなければ、今でも従兄を「兄」として見ていただろうか、と鹿子は、よく考える。その方が幸福だったのだろうか、と。勿論、考えてみたところで、どうしようもない事なのだが。それに、夏生と過ごしたあの二年間は、今でも彼女にとって忘れられない記憶なのだ。

何気なく彼女は窓に目を向ける。外は既に暗幕を張り巡らせたようだった。車道を通り過ぎて行く、幾つもの車のライトが流れているのが見える。そして窓に映る自分の顔も。

二十七の誕生日を迎えようとしている、女の顔がそこにあった。高校生の時と同様、親元に身を寄せてはいるが、あの頃のような甘い表情は消えている。

自分で決めた事だ。なのに、常に迷いが付き纏う。鹿子は窓から目を逸らすと、小さな吐息を漏らした。店内には、ショパンの『舟唄』が流れていた。

第三章

「札幌には何時の汽車で行くの?」

五月最後の日曜日、珍しく朝から出かける格好をしている娘に向かって、母親が訊ねてきた。

「十二時のJRで。それに乗れば一時半前には着くから。車で行ければ、もっと便利なんだけど」

「やめなさい。鹿子が運転して札幌まで、なんて、想像しただけでも恐ろしい。そんな事しない方が、世のため人のためよ」

「……どういう意味よ」

親が娘の運転を心配する、という事は、ない話ではない。が、鹿子の場合は、遠出する時、親だけではなく友人達までもが運転する事を止める。理由は「危なっかしい」からだ。彼女はスピード狂でもないし、無謀な車線変更や割り込みもしないし、車を公共物その他諸々に当てた事も勿論、ない。だが、彼女がハンドルを握る姿、というのは、頼りなくて助手席に座るのが怖いらしかった。

最初は、そう見られる事が不満だったが、今では馴れてしまっていた。そう見えるのなら仕方ない、と諦めてしまったのだ。

その時、郵便のバイクの音がした。母親は立ち上がり、ポストから一通の手紙を取って戻って来た。

「鹿子、坂崎清子さんって人から手紙よ。随分と達筆ね」

「坂崎……坂崎先生!?」

そう叫ぶと、彼女は手に持っていたルージュを放り出して、母親の側に駆け寄った。

「坂崎先生よ、懐かしい——」

「あちらでの箏《こと》の先生だった?」

「そう。とっても良い先生だったの」

鹿子は、もどかし気に封を切った。その中には写真が三葉と、和紙の便箋が入っていて、近況を訊ねる文に始まり、最近部屋の整理をしていたら、鹿子が大学を卒業する直前の演奏会の写真が出てきたので同封する旨が、流れるような文体で書かれていた。

「この時に私、宮城道雄の『数え唄変奏曲』を弾いたのよ。うわ――、懐かしい。若いわ、この頃の私って。お肌にハリがあるもん」

「そりゃあ、五年も前ですからね」

そう素っ気なく返して、母親は写真を一枚取り上げた。そこには着物姿で箏を演奏している娘の、一心な姿が写っていた。満足気な笑みを浮かべ、

「やっぱり鹿子は、着物が良いわね」

「何よ、洋服は悪いっての?」

「本当に、あなたは年を追うごとに、ひねくれてきたわね」

「やめてよっ！　一気に老け込むような事、言わないで！」

噛みつくような勢いで鹿子は言うと、ソファに座り、三枚の写真をつくづくと見つめた。

坂崎先生の家は、彼女が借りていたマンションから徒歩で十五分の場所にあった。箏は中学生の頃から習っていたので、学生の間は習い続けよう、と思っていたのだ。が、右も左も判らぬ土地では、どこへ習いに行けば良いのか判らない。手っ取り早く、マンション

から近いところを選んで習いに行った。稽古場は先生のご自宅だった。木造二階建ての、見た目は小ぢんまりとした家だったが、中に入ると殊の外広かった。玄関に入ると、左手に二階へ続く階段があり、それを横目に板張りの廊下を歩くと、正方形の中庭が左側に見えてくる。そこには山茶花《さざんか》や寒椿が植えられていた。その中庭が見えるように縁側の張り出した八畳の座敷。そこが稽古場だった。その家には大《おお》先生と若先生がおられ、主に稽古をつけてくれるのは、若先生と呼ばれた和枝先生だったが、時折大先生である清子先生が、稽古を見てくれた。

当時で八十に手の届く方だったが、矍鑠《かくしゃく》としておられ、稽古も厳しかった。練習中に足でも崩そうものなら、怒って中断し、ふいっと自室に行ってしまったきり、二度とその人の稽古はつけてくれなかった。厳しかったが、教え方はとても丁寧で、爪の弾き方から弦を押すタイミングまで、細やかに教えてくれた。ピリピリとした緊張感があって、気を抜けなかったが、その空気が鹿子は好きだった。

清子大先生は、何故か鹿子に目をかけてくれ、彼女の稽古の大半は大先生がついてくれた。が、四回生になり、卒業論文の締切が刻一刻と迫ってくると、箏の稽古どころではなくなってきた。自然と足は遠のいて、締切日のある一月は、全く足を向けなかった。

二月に入り、久々に稽古に行って大先生に言われた第一声は「今月の演奏会に出なさい」だった。最初は冗談だと思っていたが、大先生は本気だった。その後、彼女は毎日のように箏の稽古に通った。救いは、二月最後の日曜日が演奏会だった事だ。二週目や三週目だったら、絶対に間に合わなかった。

あれは、先生の家のお庭の白梅が咲いた時だった。稽古の後で、

「鹿子さん、こっちゃ来はり。ええもん、見せたるさかい」

「え？　何ですか？」

先生の後について、稽古場を出て廊下の奥へと歩いて行った。四年間通っていて、家の奥に入ったのは、それが初めてだった。先生は奥の六畳間に招いてくれた。そこにあったのは、一面の箏だった。

「……凄い……」

思わず、彼女は呟いた。黒塗りの箏を見たのは生まれて初めてだった。側面には螺鈿《らでん》の桜と蒔絵の紅葉が鮮やかに鏤《ちりば》められ、箏柱《ことじ》には十三個全てに雪輪が浮き彫りになっていた。素人目に見ても、手のかかった豪奢な物だった。

「すごいやろ？　私の父親が昔、買うてくれはった物や。元は、北陸辺りの大地主はんの娘《とお》はんの物やったそうや」

「……余程のお金持ちだったんでしょうね」

「そうやろうなぁ」

「どんな人が使ってたんでしょうか？」

「判らへんけど、この箏に位《くらい》負けせえへんような娘はんが使うてた、と思わはる方が、夢があってええかもなぁ」

そう言って、次の持ち主になった自分は、十人並みの器量やったから、と先生は笑った。

「けど、この箏……春の桜、秋の紅葉、冬の雪があるのに、夏だけはありませんね」

「そうなんや。なんでやろうなぁ」

あれから五年。手紙を拝見する限りでは、お元気そうだ。

「吉野さんに、よろしくね」

玄関先に立つ娘に、母親はそう言った。うん、と短く返し、鹿子は家を出る。丁度、駅へ向かうバスが来て、それに乗り込んだ。

夏生とは図書館で会った時以来、何の連絡も取っていなかった。来月には薪能が開催される。彼女はまだ、行くべきか否かを決めかねていた。我ながら煮え切らない、と鹿子は自嘲していた。


札幌に到着すると、東口の改札前に吉野の姿があった。遠目に見ても、彼女にはすぐ判った。顔を見るなり、彼は頭を下げた。

「先日はすみません。手配していた絵画が、運送中に事故に巻き込まれまして。幸い、運転手も絵も無事でしたけど。小樽までドライブでもしましょうか?」

「いえ、ライラックが見たいんです」

「じゃ、大通公園まで行ってみましょう」

札幌という街は、それまで鹿子にとって、あまり縁のないところだった。余程、心惹かれる催し物でもない限り、彼女は足を踏み入れなかった。せいぜい、年に二、三度来るくらいだった。北海道は一都市集中型なので、進学もしくは就職先を札幌に選ぶケースが多い。そのため、人口が減っていく街が多い中、札幌だけは、どんどん人口が膨れ上がっていた。

車は駐車場に置き、二人はとりとめのない話をしながら、大通公園へと歩いて行った。

「この前、吉野さんにライラックの話を聞いた時から、自分の目で見てみたくなって」

「早咲きは、もう散ってますけど、遅咲きはまだ咲いてますよ。この前、ライラックまつりがありましてね」

上天気の公園は、人で溢れていた。五月から六月にかけては、北海道の最も気候の良い季節だ。観光客も増えてくる。薄紫の花は、すっかり札幌の顔となっている。春の冷え込みを巷では「花冷え」と言うけれど、北海道では「リラ冷え」と呼ぶ。地元のテレビのニュースでも、そう放送される。

「……花だけじゃなく、愛情深い動物っていますよね。ご存知ですか？」

花を見つめながら、鹿子はポツリと呟く。吉野は目を丸くして、首を横に振った。

「狼は、よく悪い意味で使われますけど、本当は思慮深くて愛情深くて、一度夫婦になると、『死が二人を分かつ』まで一緒なんですって」

「女性に受けそうな話ですね」

戯《おど》けたように彼は笑って答えた。が、鹿子は気がつかないように、

「鶴も同じように愛情深くて、夫婦になるとたとえ片方が死んでしまっても、側から離れないんですって」

「……へぇ」

「人間だけなんですね。気持ちが変わったり、離れたりするのは……」

吉野は、彼女を見つめた。その言葉の奥に潜む心理を読み取ろうとしているかのように。

彼女は目を上げた。

「……もう、お会いしない方が、良いと思うんです」

バサバサッと鳩の、空を行く羽ばたきの音が二人を包んだ。彼女は小さいが、はっきりとした口調で告げた。彼は、鹿子を暫時見つめたが、背を向けて二、三歩進む。そしてライラックの花を眺めながら。

「……従兄が忘れられませんか？」

その言葉に、鹿子は息を呑む。が、即座に首を横に振った。

「……忘れられない、とかじゃないんです。本当です。……ただ、私、このまま吉野さんと結婚したら……あまりにも無責任な気がするんです。吉野さんに対しても、従兄に対しても……自分自身に対しても……だから……」

彼女は左手の薬指に輝いているリングに指をかける。外そうとした時、素早く振り返った彼が手を伸ばして、それを止めた。

「結論を急がないで下さい。もう少し、じっくり考えて欲しい。……これまでも随分、悩んで考えておられたかもしれない。けど、もう少し、時間を置いてみませんか？」

「……でも……」

「僕も旭川へ行くのは控えます。あなた自身で、ゆっくり考えて下さい。そして出した結論なら……僕も受け入れます」

そう言うと、彼は苦笑を浮かべた。

「……あなたが札幌に来る、と電話でおっしゃった時……何となく、そんな話が出るんじゃないか、て気がしてたんです」

鹿子は目を見開いて、彼を見上げた。

「……丁度、良い機会だと考えましょう。昨年の春先にお会いして以来、無意識のうちに話がトントンと進んでしまったのだし……この辺で、一先ず立ち止まって考えてみましょう」

「失礼だ、と思わないんですか？　私の事」

その問いに対して、彼は少し首を傾《かし》げてみせた。

「はっきりしなくて、うやむやで……いい加減で……失礼な奴だって。……他に、もっと良い人がいるかもしれないのに」

「前にも言いませんでしたか？　僕は諦めが悪いんですよ」

彼は、ここで別れましょう、と言った。その台詞に彼女も同意した。こんな話を切り出した後では、一緒にいても、駅まで送ってもらっても、話す事が見つからないからだ。

ＪＲに乗り込み、彼女は西向きの窓際の席に座った。札幌の街を離れると、列車は一路北へと向かって原野を走って行く。一八〇度広がる平原。風を遮るために横一列に植えられた防風林。それらが、伸びた陽の光を浴びて茜色に染まっていた。目の前に広がるパノラマの光景。空に向かって聳《そび》える高い山も建物もなく、視線が横に広がっていく平面のように、広さと奥行を感じさせる。

自分は何て小さいのだろう。その風景を眺めながら、鹿子はそう思った。

旭川に戻ると、辺りは既に暗くなっていた。彼女は駅構内の公衆電話から、友人の携帯に連絡を入れる。そして三・六の、行きつけのカクテル・バーで待ち合わせをした。

「別れ話をした!?」

鹿子の話を聞いた後の、女友達の第一声がそれだった。続けて。

「……馬っ鹿じゃないの？　鹿子！　馬鹿な事は知っていたけど、本当に大馬鹿者ね、あんた。何で、そんな事したのよ!?」

「……だって……」

「だってじゃないでしょ!?　あんな良い人、いないわよ!?　何だって、自分のためになんない事をわざわざするのよ!?」

友人にも、吉野を既に紹介していたのだ。彼女は、夏生より、うんとマシな人だ、と評していた。彼女は従兄を信用していなかったから。

「……だから、だよ。とっても良い人。私には、勿体ないくらい。だから申し訳ないの」

友人は突然偏頭痛に襲われたような表情をした。そして、深い深い溜め息を吐いた後、

「……あのねェ、鹿子」

と、気怠そうな声を出した。続けて。

「今まで付き合ってた男より、条件が良くていい男が現れたら、そっちに乗り換える。そ

んな事は当たり前だし、皆、してる事なんだよ。逆に、付き合っていた女を放り投げて、別の女と結婚する男だって、その辺にゴロゴロいるわ」

「それは、そうかもしれないけど。でも他人がしてるからって、自分もして良い訳じゃないでしょ。他人《ひと》と自分は違うんだもの」

「筋金入りの馬鹿ね、あんたは。だから従兄と結婚するの？　それとも責任をとって、一生独身を貫くおつもり？」

その台詞には、鹿子も返す言葉がない。黙り込む姿を見て、友人は再び溜め息をつく。

「……最終的には、鹿子自身が決める事だけど？」

ブラックレインを飲みながら、友人は素っ気なく言う。

「……私ね」

ポツリ、と鹿子は呟いた。薄暗い店の中、テーブルの上のローソクの炎が微かに揺れる。

「……私、自分に対して、枷《かせ》のようなものをつけていたいの。変な事を言うようだけど。昔は、因習とか道徳とか……そういうものがあって、人間はずっと縛られて生きてきた。その頃に比べれば、今はずっと豊かで自由で好きなように好きな事を出来る。とても良い時代だと思うわ……でも……」

そこまで話して、彼女はミモザの入ったグラスに手を伸ばす。そして喉を潤すように一口飲み込むと、

「……でも、自由になり過ぎて、常識というものがなくなった。何でもあり、の世の中になった気がするの。他人から見て、恥ずかしい、とか嫌だな、とか見苦しいな、と思えるような事でも、それは本人の個性だから、で済んじゃうような気がしてならないの。……私は、そんな事は嫌なの。常に『自分』を冷静に見ている自分が必要だと思っている」

「大変ご立派なお言葉だけど、後悔しないようにね。今後ずっと愚痴を聞かされる事だけはゴメンよ」

「判ってる。後悔なんてしないよ。私は、私の思うように生きるだけ」

「それなら良いけどね」

そう返して友人はカクテルを飲み干した。そして締めのアイリッシュ・コーヒーをオー

ダーする。「鹿子の分も」と付け足しながら。

「――でも有難う」

ミモザを飲みながら、鹿子は明るい声で言う。友人は目を丸くしながら振り向いた。

「何が?」

「今後、私がどんな選択をしても、友達でいてくれるんでしょ?」

「――は? 何で?」

「だって、今、ずっと愚痴を聞かされるのはゴメンだって言ったじゃない。それは、これからも付き合ってくれるって事でしょう?」

その台詞に、友人は呆気にとられた顔をした。意表を突かれたのか、呆れてしまったのか、言葉を発せられずにいる。そんな友人にお構いなしで、鹿子は言葉を紡ぎ続けた。

「有難う、だから大好きよ」

そう返すと、友人は再び偏頭痛に襲われたような顔をして、片手で頭を支えた。丁度その時、コーヒーが二つ運ばれてきた。小さな吐息を漏らし、苦笑を浮かべながら、カップに指をかける。

「――あんたは長生きするよ、鹿子」

「そう？」

「けど、本当に後悔するような選択だけは、しないでよ」

その言葉に、鹿子は微笑を浮かべて小さく頷いた。

第四章

その月々の貌となる花があるならば、北海道にはそれがない。

一年の三分の一が冬なのだから、仕方がない事なのかもしれないが。そのためか、本州で咲く春の花は一ヶ月以上遅く、秋の花は一ヶ月早く咲いた。それ故、夏の向日葵《ひまわり》と秋の秋桜《コスモス》が並んで咲いている事もある。

六月に入ると、本州では五月に咲く花が、こちらで開花する。菖蒲《あやめ》、都忘れ、西洋苧環《おだまき》など。生まれ月、という事と、京都で梅雨を経験した鹿子は、上天気が多く暑くも寒くもない、ヨーロッパ並みに気候の良いこの月を一年の中で最も好んだ。

家の庭に咲いた菖蒲を剪っていると、リビングの窓が開いた。

「鹿子。玄関に活ける分も剪ってきて」

母親の声に振り向きもせず、背中越しに返事をする。毎年の事ながら、菖蒲が咲くと胸が痛んだ。両親も、どんな思いで、この花を剪る娘を見ているのだろう、と彼女は思う。

花を抱えて家に入ると、しっとりとした空気が鹿子を包み込む。日陰になる分、家の中の方が肌寒いくらいだ。洗面所で花の水切りをし、半分はそのまま置きっ放し、もう半分を持ってリビングに入る。そこでは父親が休日用のラフな格好で経済新聞を読み、母親がお茶を淹れている姿があった。フローリングの上を見ると、古新聞が敷かれた上に萩焼の花瓶がセットされていた。活けろ、という事だろう。

「……花を活ける度に、お花くらい習わせてくれれば良かったのにって思うわ」

少々恨みがましく彼女が言うと、母親はすまして、

「お花は我流で良いの。お母さんだって我流だよ」

と言ってのけた。反論もせず、彼女は花瓶の前に座って、剪ってきたばかりの菖蒲を活け始める。

「——今日は、すぐに帰って来るんだろうな」

新聞から目を離さないまま、父親が言う。

「当たり前でしょ」

「自分の立場は、判ってるだろうな?」

「勿論。娘が信用できない?」

「信用してるさ。お前は私の大傑作だよ。こういう言い方は嫌がるかもしれんが」

父娘のやりとりを母親は、我関せず、といった面持ちで聞いていた。そして思い出したように、

「——今年は水瓜《すいか》を一玉買いましょうか？」

突拍子もない言葉を告げた。父親は目を丸くして、母の方へ顔を向ける。

「お盆には、吉野さんと、お兄さん夫婦と、お父様がいらっしゃるでしょう？　きっと」

「——そうだな」

「折角だから『でんすけ』水瓜を買いましょうよ。召し上がって頂きたいもの」

花を活け終えると、彼女は新聞紙をくずかごに放り込み、花瓶を抱えて玄関へ向かった。見栄えする場所に飾ると、そのまま自室へ直行する。逃げるようにして。

——父親も母親も、今日の事を咎めないが、それでも釘を刺す事を忘れない。また鹿子は、二週間程前の吉野との一件も、両親に伝えられずにいた。破棄になった訳じゃないのだし、と理由をつけて。

時計を見ると一時を過ぎたところだった。開場は六時。関係者以外の車は社務所の駐車場を使わせてもらえない。神社までは駅からタクシーを拾うつもりだった。

ふと、外から車の停まる音がした。玄関へ向かって歩いてくる複数の足音、玄関先で母親と誰かが話す声、家内に入ってくる慌ただしい空気。何だろう、と耳をすませていると、

「有難うございましたぁ」と、男性の太い声がして、玄関のドアが閉まる。鹿子は窓の側へ近寄り、外を見下ろすと、宅配便の軽トラックが、家の前から離れていくところだった。

「鹿子！　ちょっと下りてきなさい」

母親の上ずった声がして、彼女は眉根を寄せながら、言われるまま階下へと向かう。リビングの真ん中に置かれた細長い包みを見て、彼女はポカンと口を開いた。

「……どうしたの？　これ」

「鹿子宛てよ。坂崎和枝さんから」

「……え？　若先生から」

二週間くらい前に大先生から手紙を頂いたばかりだ。珍しい事もある、と彼女は包みを

開けた。現れたのは古い桐箱。その蓋を開け、雪のように細かいスポンジの海から出てきたのは。

「……嘘……」

それは、かつて大先生が見せて下さった、あの豪奢な箏だった。両親も目を丸くする。

「……な……何で……？」

鹿子は頭の中が真っ白になった。これは、気安くあげたり貰ったりして良いものではない。箏の側に白い封筒があり、彼女は急いで封を切る。

内容を目で追い、読み終えた後、鹿子は声が出なかった。彼女は座り込んだ膝の上に便箋を置く。

「何だって？」

「……大先生、亡くなったんだって……十日前に……。……この箏、形見に私に贈るよう遺言があった、て……」

「……そう、亡くなられたの……。鹿子に手紙を下さったのも、虫が知らせたのかしらね

「……でも、どうしてすぐに知らせてくれなかったんだろ……」

「気を遣われたんじゃない？　鹿子は北海道で遠いから……」

「でも、知ってたら弔電くらい打てたのに……！」

そう言い放つと、鹿子は踵を返し、自室への階段を駆け上がる。ドアを閉め、ベッドの上に腰を下ろした。

若先生を責める資格など自分にはない。大学を卒業してから今まで、便りを送った訳でもない。大先生は、ずっとお元気だろう、と勝手に思い込んでいた。

唐突過ぎて、涙すら出なかった。他でもない、従兄に会いに行こうとしているこの日に、この訃報を聞くとは、何という皮肉だろう、彼女は心の中で呟いた。

それにしても、あんな高価そうな物を頂いてしまって良いのだろうか、そう思った時、ふと吉野の顔が浮かんだ。相談してみようか、と思ったが、首を横に振った。会わない、と言い出したのは彼女自身であり、吉野もそれを受け入れてくれた。あれから二週間くらいしか経っていない。

彼女は立ち上がり、机の前に向かう。そして便箋を出すと、若先生に宛てて手紙を認《したた》め始めた。時候の挨拶、大先生の訃報を聞いた驚きとお悔み、そして贈って頂いた箏を大変嬉しく思うが、とても頂けない、ということを。

ペンを置き、鹿子は一息ついた。若先生に心境を書いた事で、少しだけ気が済んだ。実際、ただの一弟子で便りも寄越さなかった不肖の者が、大先生が大切にしていた箏を頂いて良いはずがない。

窓を見ると陽の光が朱を帯び始めていた。彼女は立ち上がる。今日は、行かなければならないのだ。

一階に戻り、洗面所で水切りしておいた菖蒲を束ね、ラッピングして部屋への階段を再び上がる。花を机の上に置くと、彼女は敷紙をカーペットの上に広げた。そしてタンスから畳紙《たとうがみ》に包まれた物を取り出す。着物と帯と長襦袢である。花紫の江戸更紗の小紋に、若緑の長襦袢、斜子《ななこ》の九寸名古屋、と既に着る物は考えてあった。帯揚・帯締の色合いまでも。だが小物を用意し、いざ着ようと手を伸ばしたところで、鹿子は動きを止める。暫時、それらを見つめているうちに、嘲笑が口元に上ってきた。彼女は軽い吐息をつき、出した物全てをタンスに戻すと、白のワンピースに着替える。そしてバッグにグレーのカーディガンを畳んで入れると、花を抱えて部屋を出た。足早に階段を下り、何も言わずに家を後にする。リビングにいた両親も、娘が出かけた事に気づいたはずだが、何も言ってこなかった。


旭川駅に着くと、彼女はタクシーに乗り込んだ。

「上川神社の、石段下まで」

そう伝えると、驚いたように運転手が振り返った。

「……あ、車の通りが多いし、停めづらいですか?」

「いや、大丈夫だけど……あの石段登るんかい? 結構あるよ?」

「いいんです。登りたいから」

そう返すと、運転手は肩を竦めてハンドルを回し出した。物好きな、と思っているのだろう。それを否定するつもりも鹿子にはないが。

旭川市は京都を見倣って、碁盤の目のように道が並んでいる。郊外に出れば四方八方に道が伸びているが、駅前は判りやすく整備されていた。駅に一番近い通りを宮下通りと呼び、駅から遠去かっていく程に、一条、二条、三条と通りの名の数が増えていく。タクシーは宮下通りを東へ向かって走った。土曜日なので、車の量も多い。窓から外を見上げると、雲一つない空の色が、西へ傾き出した陽の光を帯びて、温かな色合いに変わり始めていた。プラタナスの緑の葉に、朱の滲んだ陽差しが照って、黄金のように見える。

やがてタクシーは、上川神社のある神楽岡へと続く道に逸れた。美瑛川にかかる橋を渡る。そこは昨年の春先、吉野と一緒に歩いた橋だった。ここで大雪山を眺めたのだ。冷たい川風に吹かれながら。だが今日は良い天気であるにもかかわらず、山の方は薄雲がかかって、見えなかった。

「本当に、ここでいいんですか?」

石段下で車を停め、運転手は振り返って念を押した。

「はい。有難うございました」

料金を払って、鹿子はタクシーを降りた。数歩、石段の方へ歩いて、空を見上げる。

石段は、まるで空に向かって続いているようだった。何段あるのかは知らないが、わざわざこの階段を登らなくとも、少し道なりに行けば、社務所まで続く横道があるのだ。勿論車の乗り入れは可能で、その道を使えば小高い山の上に立つ神社へ、苦労せずに参拝が出来る。

だが、鹿子はこの石段を登る事が好きだった。確かに傍目から見ると、物好きな行動かもしれないが、一段一段上がる毎に、石段の頂上の空が、近づいてくるような気がしたから。下界から天上へ、少しずつ近寄って行けるような気がした。

実際、中腹くらいまで登ると、階下の車の行き交う音以上に、周囲の葉擦れの音が耳をつく。神社の持つ独特の雰囲気のせいか、もう街中とは思えない。頭上で山鳥の高い鳴き声がした。川の瀬音によく似た、木の葉擦れの音を聞きながら、鹿子は石段を登った。

この上川神社の建つ場所は、アイヌの人々の伝説によると、日の神《チョップカムイ》が他の神達《カムイ》と歌舞をしていた時、アイヌの祖先が幣《イナオ》を差し上げた。その事をとても喜び、そのお礼に歌舞《カムイユーカラ》を教え、神も人も一緒になって歌舞を楽しんだところだという。狩猟民族の彼等が、古来神聖な場所として、ここでは狩りをしなかったそうだ。

石段を登りきると、玉砂利が道を敷き詰めている。それを足下で鳴らしながら行くと、社務所の前に設けられた受付で、着物姿の女性が数人、談笑していた。その中の一人が鹿子に気づいて目を丸くする。そして周囲の人々に、何か二、三言告げた。途端に、その場にいた人々が一斉に視線を投げてくる。居心地の悪さを感じながら、彼女はバッグの中からチケットを取り出した。すると年長の女性が一歩前に出てきて、それを受け取り、

「竹前さん、ですね？　地謡方《じうたい》の竹前さんのお従妹さん」

鹿子は無言のまま、小さく頷く。すると相手はにっこりと笑った。

「やっぱり、そうでしたか。お従妹さんがお見えになる、と伺ってます。来られたら控室の方に、お通しするように、と。すぐに判る、とおっしゃってましたけど……驚きました。

本当に、よく似てらっしゃること」

「——父が一卵性の双子で、私達、お互い父親に似たものですから」

「道理で。でも珍しいですね。よくご兄妹の双子でも、子供の頃はそっくりでも大きくなると似てこなくなるって言いますのに」

「……父の遺伝子が強かったんです、きっと」

そう返すと、鹿子は抱えていた菖蒲の花束をその女性に差し出した。

「……従兄に渡して頂けませんか?」

「まぁ。控室の方へ行って、直接お渡しした方が、竹前さんも喜びますよ」

「……舞台の前は、緊張しているでしょうから、終わったら伺います。お手数ですけど、花だけ渡してもらえませんか? 開演前にでも。……この花を見れば、私が来たと判ると思いますし……」

そう返すと、鹿子は舞台の方へと歩いて行った。舞殿は普段は木の板が嵌められて中が見えないのだが、今日ばかりはそれらが外され、見事な老松が姿を現していた。

チケットを見て、彼女は自分の席を探す。いろは順に並べられた椅子の間を彷徨い歩き、自分の席である「との十八」番を見つけ、腰を下ろした。既に何人かの人々が座って、パンフレットを眺めていたり、談笑したりしていた。夕方の肌寒い風が、辺りの樹木の匂いを含ませながら、鹿子の首筋を通って髪を揺らす。足下の影も、いつの間にか伸びていた。西の空は、燃えるような茜色で、東の空には薄い紺青を含み出した中、白い月がぽっかりと浮かんでいる。静かな空間に、真昼の時と変わらず響いているのは、風に流れて奏でられる木の葉の音だけだ。

鹿子はバッグから、グレーのカーディガンを取り出して、肩に羽織った。夜になれば、ぐんと気温が下がるのだ。薄着でいたら、六月といえども風邪をひく。左手を動かす度に指輪が光を浴びて、輝いた。それを彼女は、複雑な思いで見つめる。

「あっ、ここだわ。『ほ列の二十八番と二十九番』は」

聞き覚えのある声に、彼女は心臓が止まる程驚いた。思わず顔を上げる。そこには三十五、六の男性と、背中を向けている女性がいた。その後ろ姿を見て、鹿子は誰だかすぐに判った。咄嗟に俯く。何故「あの人」がここに、と思ったものの、「あの人」が薪能に来ていても何の不思議はないのだ、と気づく。二列前で離れた席とは言え、周囲に人は少ないし、気づかぬ距離とは言えない。やはり来るんじゃなかった、と苦い思いで唇を噛み締めていたその時。

「すみません。『と列の十九番』は、お隣ですか?」

男の人の、澄んだ高い声がした。その声も聞き覚えのあるものだった。驚いて声の方向に目を向けて、「はい」と言おうとした。が。

「あっ!」

口を突いて出たのは、その叫び声だった。思わず、彼女は口を手で押さえる。が、立っていた男の影になって、「あの人」は見えなかった。あちらからも、見えていないだろう。手を離し、鹿子は二、三度瞬きをする。見覚えのある顔だったのだ。

「あなたは……確か一ヶ月くらい前に、お会いした方ですね。常盤公園で」

例の人懐っこい笑みを向け、男は言った。彼女は言葉もなく、ただ頷く。身軽に、男はすとんと腰を下ろした。すると、彼が盾になって、「あの人」は鹿子から見えなくなった。少なからず彼女は、胸を撫で下ろす。

「あなたも薪能をご覧になりに来られたのですか?」

「はい。従兄が地謡で出演するので……」

「良いご趣味のお従兄ですね。それにしても、まさか能が見られるとは思っていませんでした。滞在すると、いろいろな事があるものですね」

そう言って彼は天を仰ぐ。夜の紺青は、頭上まで侵食していた。昼の名残りは、既に西の空の端にしか見られない。

この人は一体、何をしている人だろう、と鹿子は思う。一ヶ月近くもよその土地に滞在出来るなんて、と。あの日と同じ、薄い身体に和服を身につけている。紺絣の着物と羽織、黒の兵児帯。とても出張で滞在しているサラリーマンには見えない。観光だとしても、旭川は観光地としてメジャーではない。名が通っているのは、美瑛や富良野の方だ。

彼女の視線に気づいたように、男は顔を向けると、

「申し遅れました。私は藤倉といいます。藤倉清彦です」

「……竹前、鹿子です」

会釈をして彼女も名乗る。彼はパンフレットを捲って、出演者の名前が列挙されているページを開くと、「お従兄も『竹前』ですか？」と訊ねてきた。彼女が頷くのを見て、細く長い指で丹念に一人一人の名前を追う。最後の演目「能　羽衣」のところに書かれている夏生の名前を見つけ出した。

「――夏生まれですか？」

その問いに、彼女は微笑する。

「ええ。七月末生まれです。だから従兄は、自分の名前を嫌っているんです。安直だ、と言って」

「あなたの名前も変わっていますね？」

「母が独身の頃、鎌倉へ友人と旅行した時、偶然お寺でお茶会があったそうなんです。それに出席した時、茶花《ちゃばな》が京鹿子《きょうがのこ》という花だったそうで」

「派手ではありませんが、上品で女性的な花ですね」

「ご存知なんですか？　男の人なのに珍しいですね」

「私が住んでいた家の裏山に、よく咲いていました。昔、多少絵を描いていましてね。野山に咲く花は、少し詳しくなりました」

開演時間が近づいたためか、人が集まり始めた。人が増えれば、どんなに小声で話していても、空気がざわめく。いつの間にか、辺りの葉擦れの音よりも人いきれの方が大きくなっていた。

「――見つかりました？」

周囲の音に紛れ込まぬよう、鹿子は隣に向かって声をかける。藤倉は顔を向けてきた。

「……天上の、音楽です。見つかったんですか？」

「いいえ。恐らく見つからないでしょう」

その台詞に、彼女は呆気にとられた。思わず相手をまじまじと見つめる。藤倉は例の、無邪気と呼べる笑顔を返してきた。

「……見つからないと判っているのに、探すんですか？」

「そうです」

「……どうしてですか？」

「大切な人が、最期に残した言葉だからです」

まるで世間話でもするように、あっさりと彼は答えた。思わず鹿子は息を呑む。

「……ごめんなさい」

「謝らないで下さい。謝って欲しくて言った訳ではありません」

穏やかな声で藤倉は告げる。目を向けると、笑みを浮かべたまま、気を悪くした様子はない。——同じ台詞を以前聞いた事がある、と鹿子は心の中で呟いた。

周囲は薄暗くなり、空は西の端に赤が滲んでいるだけだ。二列前の人の顔も、ぼんやりとしか判らない。

「ただ今より、火入れの儀を行います」

男性の声のアナウンスが入った。いつの間にか、席は全て埋まっている。奉行役の人によって、舞台の前と橋掛りの側の鉄籠に火が灯された。

最初に舞囃子が二番、狂言が一番、最後が「羽衣」である。舞囃子は「清経」と「東北」、狂言は「仏師」だ。鹿子は夏生のように熱心な能の鑑賞者ではない。だから毎年、この薪能で彼女が楽しみにしているのは、どちらかというと狂言だった。

鏡の間から、囃子方の「お調べ」が聞こえてきた。途端に客席は静まり返る。薪の煙は舞台と観客を隔てるように上り、空へと消えていく。朦々と上がる灰がかった白い煙。それは、冬の空を彼女に連想させた。

京都から戻ってきた二十三の冬。父親が、突然言い出した。

「鹿子。お前、お見合いしてみないか?」

「…………は?」

彼女は箸を口にしたまま、裏返った声を出した。父親はビールの入ったグラスを片手に目尻に皺を寄せながら、

「ほら、前に父さんが会社の飲み会で潰れた時、鹿子が迎えに来たろ? その時にお前を

見て、気に入ったって奴がいてな」

「あらっ。良い話じゃない」

母親は一も二もなく賛成した。

「ちょっと待ってよ。私、まだ二十三よ？」

慌てて彼女は返す。が、

「早過ぎるって事はないでしょ？　母さんが結婚したのは二十三だもの。父さんの会社なら大手だし、安心だわ」

「うん、そいつも若手の中では出世頭でな。なかなか骨のある奴だぞ、最近の者にしては珍しく」

「だからって、一方的に言われても……」

「良いじゃない。鹿子、お付き合いしている人、いないでしょ？」

その言葉に、鹿子は言葉を詰まらせた。夏生との事は両親に話していなかったのだ。いずれは結婚をと当時、二人は顔を合わせては話していたが、具体的に何時互いの親に会っ

て話す、という事は何も決まっていなかった。黙り込む娘に、母親は勘づいたのか、

「付き合っている人、いるの？　鹿子」

と訊いてきた。父親は目を見開く。

「えっ。……違う、違うよ」

「嘘おっしゃい。あなたはすぐ顔に出るから判るのよ」

「違うってば」

否定すればする程、深みにはまるのは、よくある話だ。母親は畳みかけるように追求し、最終的には父親の、

「どういう男か知らんが、いい加減な付き合いなら別れなさい。こちらは結婚を前提に話をしたい、という程真剣なんだ」

という挑発に乗ってしまった時点で、鹿子は負けたも同然だった。夏生の名前が出た時の両親の凍りついた表情を彼女は今でも忘れられない。

その時、生まれて初めて鹿子は父親に頰を平手打ちされた。唐突な事に、彼女は呆然と

して父親を見上げた。声すらも出なかった。父も言葉もなかった。が、激しい運動でもしたように、息を切らせ肩を大きく上下させた。

「……鹿子……冗談でしょう?」

表情を強張らせながら、母親は訊いた。その声は明らかに震えていたのだ。

「……本気よ。私、夏生兄さんと一緒になりたいの」

「そんな事は許さん！」

「どうしてよ!?　従兄妹同士は結婚できるんでしょう!?」

「あいつは……あいつは、あの女の息子なんだぞ！」

「お父さんの弟の息子でしょ!?」

「あの女の息子なんだ！」

そう言うと、父親は椅子を蹴ってダイニングを出て行った。そのまま、外へと出て行ってしまったのだ。鹿子は叩かれた頬を手で押さえながら、唇を噛み締めた。足下には箸やらおかずやらが散乱していた。テーブルの上にも、おみそ汁がひっくり返って小さな海をつくり、テーブルクロスの端から雫が涙のように、ポタリポタリと床の上に落ちていた。

「……鹿子。夏兄ちゃんの件では、私も反対よ」

「従兄妹だから……?」

「いいえ。夏兄ちゃんには、良い噂を聞かないからよ」

その台詞に、娘は顔を上げた。泣いてはいなかったが、目は潤んで光っていた。その様子を途方に暮れたような目で見返すと、母親はテーブルの上を布巾で拭きながら、

「夏兄ちゃん、働いているお金は全部、使っているそうよ。貯めもせず、家に入れるでもなく。だから叔父さんは、今でも二人分養っているようなものだそうよ。……叔父さんだって、もういいお年なのに。それにね、どうやら人妻と付き合っているらしいわ。……噂だけどね」

「……噂なんて信じない」

小さいながらも、鹿子はきっぱりと言い放った。そして母親の目を真っ直ぐに見据えると、

「私は、自分の目で見て、確かめた事しか信じない。噂なんて、信じないから」

その迷いのない言葉に、母親は嘆息を漏らしたきり、何も言わなかった。娘の愚直さに呆れていたのかもしれない。

父親の持ってきた見合い話は流れたが、それで一件落着とはいかなかった。

夏生にも、二人の事を話してしまった、と明かし、鹿子の両親をまず説得しよう、という事になった。が、父親は夏生と一切顔を合わせようとしなかった。それどころか、夏生に家の敷居を跨ぐ事を禁じたのだ。勿論、母親が反対する訳もない。鹿子がどんなに頼んでも、気を変える様子は微塵もなかった。

そのかわりに、父親は叔父を家に呼びつけたのだ。

互いの仕事を終えた後だったので、九時を過ぎていた。むっつりと黙り込んだまま、一人掛けのソファに身を沈めている父親。肩をすぼめたまま項垂れ、長ソファの隅で小さくなっている叔父。細身の叔父の身体が、一回りも二回りも小さく見えた。

顔色も怒りで血が上っている父親とは反対に、叔父は貧血で今にも倒れそうだった。

「——鹿子と夏生の事は、聞いているだろう?」

苦虫を噛んだような渋い表情で、父親は口を開いた。腹の底から出しているような凄みのある声に、眉間に深く刻まれた縦皺。恰幅の良い身体が、一層相手を威圧する。対する叔父は、俯いたまま顔を上げる事すら出来ないようだった。膝の上に行儀よく置かれた手が、微かに震えていた。

「——私としても迂闊だった。お前の息子には、私やお前と同じ血が流れていると思っていた。何せ同じ顔だからな。中身もどちらかに似てると思っていたよ」

「……それは……」

「全く、うっかりしていたよ。夏生は、半分はあの軽薄な女の血が入っている、という事実を忘れていた」

「……本当に……何と言って詫びればよいか……」

「確かに夏生に、鹿子をよろしく頼む、と言ったよ。確かにな。だが、それは手を出せ、といった意味じゃない」

「……私も……まさか、こんな事になるとは……」

その瞬間、父親は勢い良くソファの肘掛けに握り拳を叩きつけた。何かが破裂したような音が、室内に響いた。叔父の肩が大きく揺れた。

「お前が、そんな風だから、夏生はつけ上がるんだろうが！　あの女の時もそうだった！　若い男をつくって逃げられて、指を銜《くわ》えたまま呆然としていただろう！」

その言葉に叔父は、ただただ項垂れた。返す言葉もなく。

「……母親に捨てられた、哀れな子供と不憫に思って、私達は私達なりに目をかけてきたつもりだった！　家族同然と思って付き合ってきたんだ！　それを……」

そこで父親は言葉を呑んだ。息が音を立てて荒くなり、顔は今にも血管が切れてしまいそうだった。

「……飼い犬に手を噛まれるってのは、まさにこの事だな。どうしてくれるんだ！」

「……夏生には、必ず責任を取……」

「ふざけるな！　あんな碌でなしに大事な娘をやれるか！　みすみす不幸にするだけだ！」

「やめて！」

悲鳴混じりの声が、その場に割って入った。鹿子だった。彼女は父親に向かって、

「叔父さんは悪くない！　悪いのは私と夏生兄さんなんだから！　これ以上、叔父さんを責めないでよ！」

そう頼みながらも、強い声で言い放った。父親は肩で息をし、娘を睨みつけていた。が、ふいと目を逸らし、再び弟を凝視すると立ち上がった。そして低い声で、

「……金輪際、この家に顔を出すな。お前も、お前の馬鹿息子もだ。鹿子もお前の家には行かせない。もし行っても、家に入れないでくれ。間違いがあったら、お前も、馬鹿息子もただじゃおかない。判ったな」

威圧するような大きな声で、そう叫ぶと、荒々しい足取りでリビングを出て行った。ドアは、壊れたような音を立てて閉まり、寝室へと向かう、床を揺らすような足音が、段々と遠ざかっていった。暫しの後、寝室のドアが、家の中に響き渡るような音を立てて、閉まった。

母親もその場にいたが、何も発言しなかった。無言で通した、という事は、父と同じ思いでいる事を意味していた。叔父は、ふらふらと立ち上がると、蹌踉《そうろう》とした足取りで玄関へと向かって行った。その危う気な背中に、思わず鹿子は後を追った。

「鹿子！」

矢のように鋭い声が飛んできた。が、彼女は「お見送りするだけよ」と早口に返した。本当に、叔父は今にも倒れそうだったのだ。玄関先で叔父は靴を履くと、振り向きもせずに出て行った。薄い肩を落として、後ろ姿がまるで老人のように見えた。鹿子は、声をかけなかった。言葉が見つからなかったのだ。何を言っても慰めにもならないし、自分にそんな慰めの台詞を言う資格はない、と彼女は知っていた。

だから目の前で、ドアが静かに閉じるのを黙って見ているだけだった。

それ以後、鹿子の家では従兄と叔父に関する話題は、良い噂も悪い噂も含めて（尤も、良い噂など聞かなかったが）禁句となった。鹿子が遠回しに話を振っても、父は聞こえない振りをし、母は素早く話題を変えた。実家でありながら、まるで常に監視されているような居たたまれなさに閉口し、鹿子は友人と一緒に食事に行ったり、飲みに行ったりして帰宅するのを遅くなるようにしていった。それでも、当時持っていた携帯には、「いつ帰ってくるんだ、誰と会っているんだ」と連絡が入ったが。それが再び火種の元となったが、それでも鹿子は、たとえ女友達のところであろうとも外泊だけは避けた。家の中は、何時噴火するか判らない活火山のような状態なのである。一触即発の空気が蔓延している家の中で、両親を刺激するような事は極力避けた。

少なくとも鹿子は、両親を徒《いたずら》に挑発して事を荒立て、面倒を余計に大きくさせる程、馬鹿でもなければ浅はかでもなかった。

だが、夏生からは携帯に連絡が入り、月に二、三度は会っていた。彼の友人にホテルで働いている人がいて、部屋を用意してくれているらしかった。

「……ねぇ。何時まで、こんな事続けるの？」

会う度に鹿子は、その台詞を口にした。口にしたところで仕方がないと判っていても、言わずにはいられなかった。

「そのうち、判ってくれるさ」

隣で、夏生はベッドに寝そべったまま答えた。タバコの煙を燻らせながら。その答えには、いつも気持ちがこもっていなかった。彼女の問いに対して、ただ機械的に答えているだけ、というように。

「それは何時？」

「そんな事、知るかよ」

「……夏生兄さん、本当に結婚する気、あるの？」

そう問うと、彼はあからさまに不愉快な表情を浮かべてみせた。

「どういう意味だよ？」

「こんな事続けても、意味ないじゃない。お父さんもお母さんも、私の話なんて聞いてもくれないし。だから、一度二人で説得してみようよ」

「俺は、お前の家には入れないんだぞ？」

「だから、ずっとこうしてろって言うの？」

「今更じたばたしても仕方ないだろ？　伯父さんも伯母さんも、頭に血が上ってるんだ。何言ったって聞いてくれないよ」

そう気のない返事をすると、夏生はサイドテーブルの上の灰皿に、タバコを押し潰した。

そんな従兄の背中を見て、彼女は密かに嘆息を漏らす。いつも、そうだった。

そんな状態が、約二年間続いた。

あれは、彼女が二十五になった年の冬だった。

「竹前さん。面会が来てるよ」

昼の休憩の最中、パートの人達と食後のコーヒーを飲んでいた時、同僚の司書の男性が顔を出して、そう言った。一瞬、夏生が来たのかと思ったが、従兄だったら、そう言うはずだった。彼女とそっくりの従兄がいる事は、皆知っていたからだ。

「……誰ですか？」

「さぁ。初めて見る顔だけど」

そう言って、相手は声を潜めた。

「化粧はケバいし、香水はキツいよ」

鹿子は更に困惑した。彼女の周囲に、その表現に合う人物はいないからだ。だが待たせているのも申し訳がないので、仕方なしに彼女は面会人がいるホールへと向かった。そこにいたのは、三十一か二くらいの女性。黒のワンピースの上に、赤いコート。指には、コートと同系色のネイル。図書館には鮮やか過ぎる姿だった。

鹿子は、その女性を見て目を丸くした。が、女性も鹿子を見て目を瞠《みは》った。すぐに不敵な笑みを浮かべたが。

「……あの、私が竹前ですが……」

困惑の色を隠せぬまま、彼女は口を開いた。女は二、三歩近寄ってきた。歩き方が、人目を引くように身体の線を揺らす。意図的な思惑が見え見えの歩き方に、思わず鹿子は眉を顰めた。

「竹前鹿子さんね？」

そう発した声は、意外と低かった。

「……あの？」

「仕事は何時に終わるの？」

「……六時過ぎには。でも……」

「そう。じゃあ、マルイの四階のコーヒー・ショップに来てくれる？　私、それまで買い物でもして、時間潰すから」

「……あの、どういう……」

「あなたの従兄の事で話があるのよ」

女は口尻を釣り上げ、踵を返した。そして再び身体を揺らせながら、図書館を出て行った。残された鹿子は、呆気に取られたまま、その後ろ姿をただ見送った。まるで毒気にでも当てられたようにポカンとして。

仕事を終え、鹿子は指定された場所に向かった。本当は無視してしまおうかと思ったのだが、夏生の事だと言われると、無下にもできなかった。指定された店に入ると、女の姿はまだなかった。取りあえず彼女は、店の隅に席を陣取ると、キリマンジャロを頼んだ。どういう話か判らない以上、極力他人に聞かれたくはなかったのだ。

「あら、随分と早かったのね」

女が現れたのは、鹿子が来てから十五分後だった。見ると、両手にマルイの大きな紙袋を下げていた。悪びれた色もなく席に腰を下ろすと、オーダーを取りに来た若い男性に、上目遣いにブレンドを頼んだ。

「……どんなお話なんでしょう」

鹿子は唐突に切り出した。北国にもかかわらず、女は熱帯の花のように笑った。

「見かけによらず、せっかちねェ」

そう言って、運ばれてきたコーヒーを一口飲むと、

「自己愛の究極の形ね。あなたと夏生って」

意味深な目で見つめながら嗤《わら》った。『夏生』という声の響きに、生臭いにおいを感じた。

鹿子は息を呑み、女を喰い入るように見つめた。女はそれを見て、面白そうに笑うと、

「まずは自己紹介が先かしら。私は尾崎美沙。一応ミセスよ、これでもね。夏生とは古ー

い付き合い」

くすりと笑って、告げた。

「……古いって……」

「最初に会ったのは、夏生が十六で私が二十一の女子大生だった頃。同じバイトだったの」

確かに従兄は高校生の時、ファースト・フードの店でアルバイトをしていた。十年と少し前の事だから、確かに古い。でも、と鹿子は目の前の女を見つめた。

「ついでに言うと、夏生にとって私は、最初の女。……言っている意味、判るわよね？」

鹿子は、身体中の血が逆流したような気がした。膝の上に置いていた手を思わず握り締めた。そんな様子を女は、楽し気に眺めていた。

「ずっと付き合ってたのよ、夏生が卒業する直前までね。でも私、尾崎と結婚する事が決まってたの。彼、それはショックを受けてたわ。一生許さない、て捨て台詞を吐いてね。……可愛いかったわよ」

そう言って女は目を細めた。不快な昔話を聞きながらも、鹿子は記憶の糸を手繰り寄せていた。京都で夏生が言った「帰る事なんか考えてなかった」という台詞、大学時代に一度も帰省しなかった事実。これらは、もしやこの女が原因だったのだろうか。

「その後は、あなたも知っている通り。彼、大学へ行っていたから、四年間は一度も顔を見なかったわ。でも、戻ってきたって聞いてから、連絡を入れたの。それ以来、会ってるわ」

「……え？」

「上手くなったじゃない。驚いたわ。高校生の頃は、私がリードしてあげないと、ままならなかったけど」

ガチャン、と鹿子は水の入ったグラスをひっくり返した。店員が布巾を片手に、慌てて飛んできた。

「……ごめんなさい、うっかりして」

「大丈夫ですか？　濡れませんでしたか？」

「平気です。本当にごめんなさい……」

そう言って鹿子は髪を掻き上げた。指先が震えているのが判った。女は、そんな様子をニヤニヤ笑って見ている。蛇が獲物に巻きついて、締めつけながら、じわじわと窒息していくのを眺めているような、そんな眼だった。

「……私に、何が言いたいんです?」

声が微かに震えた。が、鹿子は相手を真っ直ぐに見据えた。

「別に。邪魔しようと思ってる訳でもないし。ただ忠告しておこうと思ったのよ。夏生はね、あなたと結婚しても、多分私とはキレないわよ。私は夏生の身体をよく知ってるし、彼も私の身体をよく知ってる。相性が良いみたいなの。だから、お互いに未練があるのよ」

「……私は、あなたの言葉なんて……信じません……」

「そう。信じる信じないは、あなたの勝手だものね。ただ、私が知っていて、あなたが知らないのはフェアじゃない、と思ったから言っただけ。実際、今の今まで気がつかなかったでしょう?」

その台詞に、鹿子は唇を噛み締めた。気づかないどころか、想像すらした事がなかった。

「まぁ、よくある話だけどね」

そう言い放つと、女は立ち上がる。オーダー票を持って行こうとする女に、

「いいです、私が払いますから」

思わず鹿子は叫んでいた。女は、くるりと振り返ると、勝ち誇ったような満面の笑みを向けた。

「いいわよ。私が呼び出した上に、遅れて来たんだから」

言いようのない惨めな思いが、全身を駆け巡っていた。俯いて、再び掌を握り締める。公衆の場でなければ泣いていただろう。

「……あの、そろそろ閉店ですので……」

店員に言われるまで、鹿子は石のように座ったまま、動く事が出来ずにいた。目の前のコーヒーは香りも失せ、黒い液体と化していた。

店を出ると、彼女は自分の掌を開いてみた。爪が喰い込んでいて、赤い跡が残されていた。

「……私は、他人の話なんか、信じない。自分の目で見た事しか……」

自分自身に言い聞かせるようにして、鹿子は小さく呟いた。掌の爪跡を見つめたまま。

その女との面会は、誰にも話さなかった。仲の良い友人にも両親にも、無論夏生にも。だが数日後の土曜日、突然、あの話が舞い込んできたのだ。

「鹿子、ちょっと」

遅く起きてきて、くしゃくしゃの頭のままでリビングに現れた娘に、母親は改まった顔をして、声をかけてきた。半分寝ぼけたまま、彼女は目を向けた。

「……何?」

母親は黙ったまま、表紙のついた大きな写真をテーブルの上に置いた。それを見て、意味を悟り、彼女は一気に目が覚めた。

「……どういう事?」

「叔父さんの知人ですって。札幌で美術商をされているそうよ。まだ、お若いそうだけど信頼できる人なんですって」

「どういう事よ!?」

「……鹿子、いい加減にしなさい。もう大人でしょう?……夏兄さんの事は、何があっても賛成できないわ。お父さんも私も」

その言葉に、彼女は詰まった。

「……夏兄さんに、良い噂は聞いた事がないわ。信じる信じないは措いといて、鹿子も耳にはするでしょう?……気の弱い修二朗さんには、押さえ込めないのよ。顔は修二朗さん似でも、中身は、あの軽薄な尻軽女と同じね」

「……お母さん!」

「あの女が出て行くまで、私達も迷惑したのよ? あの女は、相手が独身だろうと既婚者だろうと、お構いなしだったから。……お父さんも仕事先で、何度苦汁を飲まされた事か……本当、人の口に戸は立てられないから」

「……それは……でも!」

「鹿子、娘の幸福を願うのは、親として当然の事よ。不幸になると判っている相手は、認められないわ」

「そんなの判らないじゃない！　第一、その見合いの相手と一緒になったって、幸福になるか判らないし、そんな保証もないでしょ!?」

「そうね、ないわねェ」

母親は、小さな吐息をついた。が、目を上げて、怒りで震えている娘を見つめると。

「けど、夏兄さんと結婚したところで、鹿子が幸福になれるとは思えない。……夏兄さんの事は、子供の頃から知っている。だからこそ、そう言うのよ」

「……私は見合いなんて、しないわ」

「鹿子！」

「絶対にしないから！」

そう言うと、彼女はリビングを出て、再び自室にこもった。両親が腹立たしくて仕方なかった。叔父に対してもだ。人の気持ちを物か何かのように。こちらは駄目だが、あちらならよろしい、と。そんな簡単なものではない。第一、幸福幸福と連呼するが、その「幸福」は親の価値観から見た「幸福」であって、自分自身の「幸福」ではない。

鹿子は声を殺して泣いた。まるで、人の気持ちを侮られたような、軽視されているような、そんな思いがしたから。

見合いの話は、夏生の耳にも入っていた。

「鹿子、まさか、その話に乗るつもりじゃないだろうな?」

例のホテルの一室で、彼は確認するような口調で訊いてきた。

「当たり前でしょう?」

少なからずムッとして、鹿子は即答した。平日の、まだ八時だった。が、二人の逢瀬は十一時までがタイムリミットだった。その時間なら、友達と話し込んでいて、の言い訳が、まだ通るからだ。

その日は、やけに濃密だった。見合いの話が、多少なりとも彼を刺激したらしかった。大学生の時、書店で他の男子学生と一緒にいたところを見られた日を鹿子は思い出した。こうしていると、彼女は悪い噂も、あの女の言葉も信じられなくなった。ただ、目の前の夏生の姿こそが真実だったのだ。

「行くのか？」

服を身につける彼女の背中に、ベッドに横になったまま、夏生は訊ねた。

「……遅くなっちゃったから、急がないと」

鏡を覗き込んで、鹿子は素早く顔をなおす。こんな生活のお陰で、彼女は十分で化粧をする、という特技が出来てしまった。

部屋を出て、彼女は階段を下り始めた。五階なので、そう苦になる高さではなかった。それにエレベーターを使って、知人と鉢合わせにでもなるより、人が殆ど使わない階段を使って、周囲に気を配りながらホテルを出る方が安全だった。

三階まで下りた時、彼女はピアスを鏡の前に置きっ放しにしていた、と思い出した。急いでいたので、うっかり忘れてしまったのだ。どうしよう、と思ったが、あれは夏生が初めて買ってくれた物だった。急いでいる事に変わりはなかったが、鹿子は引き返す事にした。五階に戻り、部屋の並ぶ廊下に足を踏み入れた時、思わず鹿子は物影に隠れた。見覚えのある後ろ姿が、そこにあったのだ。間違いようがない、独特の身体の線を揺らす歩き方。

ブーツの音が、あの部屋の前で止まった。

「――遅かったな」

ドアが開いて、そんな声がした。

「主人が、やっと夜勤に行ってくれたのよ」

二人は声を潜めていたが、周囲は静まり返っているので、鹿子の方まで、よく聞こえた。

彼女は、見つからないように、そっと声のする方向へ目を向けた。女は、夏生の首に腕を絡ませて噛みつくようなキスをした。夏生も片手を女の腰に回して身体を引き寄せると、その手を腰から下へと這わせ、もう片方の手でドアを閉めた。

私は自分の目で見た事しか信じない、鹿子は何度そう言った事だろう。彼女は、蹌踉とした足取りで、階段を下りていった。が、途中で踏み外し、慌てて手擦りに手をついた。そのまま、階段に座り込む。自分の信じていたものが、音を立てて崩れていくような気がした。まだ、夏生の唇や指の感触が残っている、彼女自身の身体すら穢らわしく感じた。今頃、自分を抱いたように、あの女を抱いているのだ。同じベッドの上で。そう思うと吐き気すらした。

彼女は膝を抱えると、そのまま泣き出していた。声を立てないようにしながら。

翌日、図書館に叔父がふらりとやって来た。叔父の顔を見るのは、あの日、父が絶縁宣言をした時以来だった。が、その時の鹿子にとって、叔父の顔を見るのは苦痛だった。様々な理由から。

「……やぁ、かのちゃん」

寂し気な、どこか頼りない笑顔で、そう呟いた。鹿子は返答のしようがなく、黙り込んだまま、叔父の顔を見つめた。

「……モームの『月と六ペンス』を探しているんだけどね……」

「……イギリス文学の棚になかったら、貸出中です」

「……そう……そうか……」

小さい声で、ぼそぼそと呟いた。叔父にはいつも、自信なさ気な印象を受けた。歩く姿は、やや俯きがちで猫背ぎみだし、体格も痩せていて、柳の木のように手足がひょろひょろと細くて長い。中年太りになってお腹に貫禄が出てきたせいか、声も太くて大きい彼女の父親とは、とても双子に見えなかったし、双子と言って信じる者もいないだろう。子供の頃の写真を見せてもらうと、どちらが父で叔父なのか、娘の彼女から見ても見分けがつかない程、瓜二つなのだが。

肩を落として出入口へと向かう叔父の背中に、

「――叔父さん！　美術館のフロアで待ってて！」

司書であるにもかかわらず、彼女は図書館で大きな声を張り上げた。

暫くして、彼女は課長を拝み倒して時間を貰った。コートを着て外に出ると、肌を刺す冷たい風が吹いてきた。雪を踏みながら、身を斬るような寒気の中、美術館へと向かう。小脇に一冊の本を挟んで。徒歩三分の近さでも、真冬に歩けば芯まで冷える。

美術館に入ると、暖房の効いた建物の温かさに、思わず感謝せずにはいられなかった。身体中の血が、一度に流れ出すようだった。ガラス張りの、天井の高いフロアで、叔父はポツンとベンチに座っていた。目の前の、一面を雪で包み込まれた白い風景を眺めながら。

「――叔父さん」

近寄って、そう声をかけると、叔父は顔を上げた。寂し気な目の色に、胸が疼いた。自分と従兄の事で、一番辛い思いをしているのは、この弱々しい叔父なのかもしれない。そう思ったのだ。彼女は、相手の隣に腰を下ろした。

叔父は何も言わなかった。鹿子もすぐに声を出せなかった。二人は並んだまま、暫時、北国の冬の風景を見つめていた。澄みきった空の青、汚れのない雪の白、寒気の中で舞う風花の踊りを。

やがて鹿子は、叔父に一冊の本を差し出した。

「……『月と六ペンス』のかわり」

「良いのかい？」

「私の本だもの」

そう返すと、叔父は小さく笑って本を受け取った。

「ポール・ギャリコの『雪のひとひら』。知ってる？」

「いいや」

「短いし、すぐに読み終わると思うけど」

叔父は、その薄い本を手に取ると、一枚一枚ページを捲っていった。

彼女は、合理主義の父親を尊敬していた。同様に、ロマンチストの叔父も大好きだった。

叔父の話は美術や絵画、画家の話が多かった。若い頃、イタリアで見たシスティーナ礼拝堂の溜め息の出るような美しさを、美しい聖母子像を描いた修道士リッピと修道女の恋を、ナチスを欺いた贋作者メーヘレンの事件を教えてくれたのは、叔父だった。けれど、それらは現実離れをした夢のような話だった。

「――叔父さん。私、お見合いするわ」

その言葉に、叔父は意味が理解できないかのように、キョトンとした。再び同じ台詞を口にすると、相手は喜びより戸惑いの表情を表した。何か言おうとしたが、

「決めたの。私が、そう決めたの。お父さんやお母さんに言われたからじゃなく……」

「……私のためかい……？」

疲れたように呟いた。が、彼女は首を横に振った。叔父は、申し訳なさそうな目で鹿子を見つめた。彼女は笑みを向けたが、それはどこか哀し気なものになってしまった。

「……誰のためでもない。言ったでしょ？　私が、決めたって……」

叔父は目を逸らし、項垂れた。聞き逃す程の小さな声で、一言囁いた。「すまない」と。

第五章

突然、空気が動いた。

アナウンスが、これから三十分の休憩に入る旨を伝えた。鹿子は我に返って、周囲を見渡す。人々は立ち上がったり、のびをしたりしていた。いつの間にか、狂言までが終わっていたのだ。自分が眠っていた事に気づいて、彼女は一人赤面する。信じられなかった。今まで眠った事などなかったし、まして『仏師』は楽しみにしていたのだから。

「次が『羽衣』ですね」

隣から、そんな声がした。驚いて目を向けると、藤倉が薄闇の中、見えにくそうにパンフレットを顔に近づけている。そうだ、この人がいたんだ、と心の中で呟き、もしや眠っていたところを見られたのだろうか、と思うと、何とも極り悪い。風の流れに乗って、薪の燃えるにおいが漂っている。パチッパチッと弾けるような温かな音がして、耳に心地よい。カーディガンの上から、そっと腕を撫でる。空気の温度が、少し下がってきたようだ。上演中は人がいるので、何となく温かいのだが、人々が席を立ったりして周囲の風通しが良くなると、やはり肌寒かった。

二列前の、少し離れた席に目を向ける。席を立ったのか、姿は見えなかった。

「羽衣は、『天女の羽衣』と同じ内容ですか？」

身を乗り出すような格好の彼女に、藤倉は声をかけてきた。慌てて鹿子は、椅子の背に身体を預けると、

「いえ、少し違います。昔話は、羽衣を隠された天女は漁師の妻になりますけど、お能では、最終的には羽衣を返して、そのお礼に天女が舞をまう、という話です」

「詳しいですね」

「従兄の受売りです」

「地謡方で出られるんでしたね。仲がよろしいんですか？」

「…………え？」

「こうして、ご覧になりに、いらしているのですから」

鹿子は、少し動揺した。あんな夢を見ていたせいか、藤倉の台詞に含みがあるような気がしたのだ。が、いつも通りの無難な言葉を返した。

「……お互いの父親が一卵性の双子で、家も近所だったから、兄妹のように育ったんです」

自分で口にしながら、常に違和を感じる台詞だった。しかし、他に説明のしようがないのだ。

影絵のように動いていた人の流れは、やがて舞台の前で滞った。切戸口から地謡方が現れ、所定の位置につく。その中に、夏生の姿もあった。舞台の正面先には、いつの間にか作り物の松が据えられ、羽衣がかかっていた。能独特の、張りつめた糸のような静寂。

ふと、囁きが聞こえた。

「――旭川美術館で一緒だった方は、お従兄ではないのですね」

鈍器で殴られたような衝撃を受けた。鹿子は信じがたいものを見るように、隣を見上げる。藤倉とは、確かに常盤公園で会った。が、美術館では見かけなかったはずだし、吉野は美術館を出てすぐに、札幌へ戻っていった。二人が顔を合わせる機会は、なかったはずなのだ。

当の藤倉は舞台に目を向けたまま。

「一番奥の方でしょう？　あなたと、よく似てらっしゃる」

「……ええ。美術館で一緒だったのは、私の……婚約者です。でも……」

「そうでしたか」

彼女の言葉を遮るように、彼は短く答えた。鹿子も言葉を呑み込む。

舞台では丁度、天女が現れたところだった。増女《ぞうおんな》の面をつけ、羽衣を返してくれ、と哀願するさまは、何とも哀し気だが、それ以上に美しい。増女の面は、神や高貴な女性の役に、よく用いられる、という。細面で切れ長の瞳、端正で冷た過ぎないが、冷えた気品。

「美しいですね、増は」

隣で、感嘆混じりの声がした。彼女も同意するように、深く頷く。こんなにも美しいものが、突然目の前に、それも手の届くところに現れて、よく漁師の白龍は羽衣を返したものだ、と鹿子は思う。

能面は無表情と同義語のように使われる事が多いが、決して表情がない訳ではない。上を少し仰ぎ見たり、俯いたりするだけで、驚く程に表情が変わる。

「あなたは『この世の人ではない』と思えるような、美しい人に会ったり見たりした事はありますか？」

　藤倉は、そんな事を訊いてきた。「そんな人間が存在するはずがない」と言おうとして、鹿子は不意に思い出した。夢で見る、凄まじい美女を。そして、元となった掛軸を。

「……絵の中でなら」

「私はありますよ」

「あの……天上音楽という言葉を残した人ですか？」

「そうです」

「……恋人だったんですか？」

「大切な人です。今でも」

　迷いのない言葉に、鹿子は口を噤む。大切な人だ、ときっぱり言える人が、自分にはいるだろうか、と思ったのだ。

　ホテルでの一件を知らなかった時は、迷わず夏生だと答えたかもしれない。だが、本当に大切だと思っていたのなら、相手のどんな姿を見ようと、変わらずにそう思うのではないだろうか。鹿子は唇を噛んだ。自分は、夏生の表面だけを見ていたのか、裏を見た途端に冷めたと言うのなら、自分はどうなのか。誰にでも表と裏はある。自分にとって都合の良い部分だけを愛して、都合が悪くなると排除するのなら、自分は何と身勝手な生き物なのか。夏生を非難する資格があるのか、と。

「ですが、大切なものは失わないと判らないのですから、人間というのは利口なようで愚かな生き物ですね」

不意に、藤倉が呟いた。目を舞台に向けたまま。鹿子は、その表情を見上げる。穏やかな笑みが消え、横顔の線が端麗な事に気づき、彼女は声を失った。彼は言葉を紡ぐ。自嘲するように。

「……失った後で、その大切さに気づいても、遅いというのに」

その言葉に、鹿子は見合いの時の事を思い出した。……吉野の事を。

——あの日、四月だというのに、大雪が降った。春の雪、と聞くと、響きは雅趣があって良いが、大雪では洒落にもならない。

札幌の、名の通ったホテル内の懐石料理店。その店内の個室で、母親は苛々とした様子を隠そうともしなかった。叔父の依頼を受けた仲人の婦人は、困ったように時計を何度も見ていた。約束の時間は、既に四十分を過ぎていたのだ。鹿子自身はと言うと、藍染の訪問着に銀糸の帯、濃い臙脂の帯揚、帯締という出で立ちで、窓の外の風景をぼんやりと見ていた。外は白く煙り、あるはずの建物も行き交う車も全てを白く包み込んでいた。いつもは漂うように空中を舞う雪が、真横に飛んでいた。

前日から、そのホテルに宿泊していた鹿子母子は、雪の中を動くという難を逃れたが、今日用事があって出かけなければならない人は大変だ、と彼女は思った。

「――見合いの日に大雪で、相手は大遅刻。本当に修二朗さんのする事は、一事が万事こんな調子ね」

母親が、そうぼやき、鹿子が「お母さん」と窘《たしな》めるような声を出した時。

「すみません！　遅くなりまして！」

飛び込んできたような勢いの声がした。とうとう来てしまった、と彼女は一瞬瞑目し、心の中で嘆息を漏らしてから、振り返った。そこには肩で息をし、コートを持ったまま、深々と頭を下げている男性の姿があった。ちらりと母親の表情を見ると、好意的とは言えない目をして、固いものだった。

「この雪ですし、ちょっと遅れてしまったのね」

仲人の婦人が取りなすように言った。母親は「ちょっと」という言葉に文句を言いた気だったが、何も言わずにいた。婦人が席へと促したところで、男性はやっと顔を上げた。一目見て、鹿子は自分がろくに見合い写真を見ていなかった、と気づいた。初めて見る顔だったのだ。ふと彼女は、相手のコートがひどく濡れている事に気づいた。が、髪や服装は特に乱れた様子はない。靴下にも目を向けたが、濡れているように見えなかった。が、裾が濡れていた。濃い色のスーツだったので、判りにくかったが。男性がフードつきのコートを畳んで、目につかないところへそっと置いて席に着くと同時に。

「――お車で来られなかったんですか?」

紹介されるよりも早く、鹿子は口を開いた。驚いたように、相手は彼女を凝視した。

「……コートが、随分と濡れているみたいなので」

「車で来る予定だったんですが、この天気でどこもかしこも渋滞だとニュースで言ってましたので、地下鉄で来たんです」

「まぁ。駅からタクシーを使えば良かったのに」

呆れたように仲人の婦人が言った。相手は、ただ苦笑を浮かべた。鹿子の方が呆れてしまった。

「……この天気では、タクシーだって掴まらないんじゃないですか?」

「ええ、長蛇の列で。走った方が早いと思ったものですから……本当に、すみません」

再び頭を下げた。そして。

「でも、よくお判りになりましたね。一応、おかしなところはないか、確認してから来たつもりだったんですが……。流石《さすが》に、ホテルに着いた時の姿では、この場に来られないありさまだったので……」

鹿子は、黙り込んだ。助け舟を出すつもりではなかったのだが、相手の実直そうな態度と、闊達とした物言いに、母親は気を良くしたようだったからだ。仲人の婦人は、仲居を呼んで、相手のコートを預けると、

「鹿子さん、こちらは吉野征史さん。札幌で美術商を営んでおられるの。お父様の跡を継いで、大きな画廊のオーナーをしてらっしゃるわ。征史さん、こちらは竹前鹿子さん。旭川市の図書館で司書の仕事をされているのよ」

と、型通りの紹介をした。食事の間中、話は殆ど仲人の婦人と鹿子の母親が、吉野の相手をした。鹿子本人は、というと、話を振られても短い返事か愛想笑いを返すだけで、深く話に立ち入ろうとしなかった。そんな娘の態度に、母親は腹立たしそうに睨んだが、当の本人はお構いなしで、改める気配すらなかった。

水物が終わると、後は二人でお庭の散歩でも、となるのだろうが、外は生憎の天気でお散歩どころではなかった。二人は取りあえずホテル内のティー・ラウンジへ行く事となった。

「振袖で来られるかと思いました」

席に着きオーダーを済ませた後で、吉野は真っ先にそう言った。

「……振袖という年齢でもありませんから」

母親は、もっと華やかな着物を着ろ、と言った。が、根本的に鹿子は、派手な色や模様の着物が好きではないし、持ってもいなかった。

「サーモン・ピンクの付け下げに、袋帯を締めれば華やかになるじゃない。鹿子、格子に四季の花を織り込んだ西陣の帯、持っていたでしょう?」

出かける直前まで、母親はそう主張していたが、彼女は黙殺した。乗り気で、この見合いをする訳ではない、と暗に示すために。

「結婚に焦っておられるんですか?」

痛いところを吉野は突いてきた。初対面の相手に言うには不躾な言い草だ。思わず鹿子は、相手を睨みつけたが、徹《こた》えた様子もなく平然としている。美術商、と聞くと、感受性が豊かで鋭敏そうな人を想像していたのだが、もしかするとふてぶてしい人なのだろうか、と彼女は思った。

「——全く焦っていない、と言えば嘘になります」

「僕もです」

そっぽを向いて答えた彼女に、あっさりと吉野も同意した。そして。

「だからと言って、誰でも良ければ、こんなに苦労はしないのでしょうけど。あなたも、そうでしょう?」

鹿子は視線を戻し、相手を見つめた。その時、ウェイターがコーヒーと紅茶を運んできた。温かそうな湯気の上がるコーヒーを美味しそうに飲みながら、

「お聞きして、よろしいですか?」

思い出したように彼は言った。続けて。

「従兄との話は、もう諦められたんですか?」

咄嗟に彼女は立ち上がった。派手に椅子とテーブルを鳴らした割には、ティーカップはひっくり返らなかった。物音に驚いて、周囲から視線が向けられた。が、注目を浴びてい

る事など、その時の鹿子の念頭にはなかった。

吉野は、ただ静かな目を向けた。

「座って下さい。着物姿の上品な美人が立っていると、いやでも注目されてしまいますから」

何事もなかったかのような口振り。それが余計に、鹿子の神経を逆撫でした。どれ程、失礼な事を口にしているのか、気づかないのか、と。

「――立たせたのは、あなたでしょう」

怒りで声と手が震えた。それでも怒鳴らないだけの理性は、残っていた。

「無礼は承知の上です」

「……だったら！」

「ここにいる以上、その事はあなただけの問題ではないはずです」

その言葉で、彼女は我に返った。夏生との事を知っているとすれば、それは叔父から伝えられたに違いないのだ。吉野は叔父の知人なのだから。だとすると、彼にとってこの話は不本意なもののはず。見合いの相手は、前の男の影を引きずり、宙に浮いた心のままなのだから。

「座って下さい」

重ねて言われて、鹿子は力なく腰を下ろした。俯いたまま。

「……ごめんなさい。私に、怒る資格なんてありませんでしたのに……」

「謝らないで下さい。わざと言ったんですから、謝られると立場がなくなります」

相手は、そんな事を言った。彼女が目を上げると、吉野は温かな微笑を向けた。

「……あなたの事は竹前さん……つまりあなたの叔父さんから、よく聞いていました。ご自慢の姪御さんなんですよ。ご存知でしたか?」

驚いて、彼女は首を横に振った。考えてもみない事だったのだ。

「息子しかいない、となると、やはり娘が欲しい、と思うものかもしれませんね。まして身近に娘さんがいると」

鹿子は再び俯いた。目線を膝の上に置かれた手に向けて。寂し気な叔父の細い背中が脳裏を過った。胸の奥に鈍い疼きを伴いながら。

「……あなたと同じように、私にも以前、結婚を前提に付き合っていた女性がいました。二十代半ばの頃です。当時、僕はイギリスで美術鑑定の勉強のために留学中でした。その時、日本にいた八つ年下の妹が、自宅で殺されたんです。……まだ高校二年生でした」

驚愕して、彼女は目前の男性を凝視した。彼は、遠い目をして、コーヒーカップの上に視線を落とした。

「……事件のあった家を処分した後、両親は離婚しました。母は心の弱い人で、毎日泣き暮らしていたんです。忌まわしい過去を思い出させるものとは、全て縁を切りたがっていました。失ったものは同じでも、互いに支え、慰め合えないものなのだろうか、そう思うと腹立たしかったし辛かった。……付き合っていた女性とは、その後別れました」

鹿子は何も言えなかった。言うべき言葉が全く思い浮かばなかったのだ。何を言っても慰めにもならないし、おこがましいだけだと思った。

「僕は犯人を憎みました。あれ程、他人を憎んだ事はありません。妹を殺し、僕の家庭を崩壊させておきながら、当の本人は、のうのうと生きているんですからね」

「えっ……！　まさか、まだ捕まって……？」

「捕まりました。けど、不起訴となったんです。精神障害が認められましてね……。何ヶ月か病院に入ったそうですが、もう出ているでしょう。病院に拘束できないんです。犯人の人権問題になりますから……」

「そんな……そんなの変です！」

思わず鹿子は叫んだ。周囲が驚いたように目を向けてきたが、彼女は全く気にならなかった。あまりの事に、怒りで手が震えた。

「犯人にも、確かに人権はあるのでしょうけど、殺された妹さんの人権は、どうなるんですか!?　法を犯した者が法に守られて、犠牲になった人は見捨てられるんですか!?　そんなの……！」

涙が零れた。慌てて彼女は俯くと、目を押さえた。口惜しかったのだ。殺された妹さんと、その家族の哀しみは、憤りは、嘆きは、どこへ行けば良いというのか、と。

そんな鹿子を吉野は優しい眼差しで見つめた。

「……何もする気が起こらなくて、犯人が憎い、殺してやりたい、と、そればかり考えていました。そんな時、何気に鏡を見たんです。愕然としました……自分の顔とは思えなかった……。……妹が、この顔を見たら何と言うだろう、と思いましたよ。兄だと気がつかないか、もしくは怯えたでしょう……」

「……でも、犯人を憎むのは当然です」

その言葉に、吉野は何も答えなかった。ただ、コーヒーを静かに飲み干すと。

「僕が再び結婚をと考えるようになったのは、兄が結婚したからです。兄は美術に無関心な人で、既に会計士として働いていたのですが、義姉という人は、明るくてサバサバしていて、とにかく元気が良い。平気で大口を開けて大笑いをする。狭いマンションの一室の隅々まで笑い声が響き渡ります。お陰で家の空気が明るくなりました。結婚も悪くない、そう思えるようになったんです」

「……すみません。私に、怒る資格なんてありませんでした」

「謝らないで下さい。謝って欲しくて話した訳ではありません。ただ、あなたの正直な気持ちを教えて頂きたいんです」

穏やかな声で、吉野は言った。鹿子は俯いたまま顔を上げる事は出来なかった。申し訳なさで、声が出なかった。謝罪して、この場を逃げ出したかったが、身体は石化したように動かなかった。

ただ心の中で、この話は断られるだろう、もし断られなかったら、自分からお断りしよう、そう呟いた。こんな良い人と結婚する資格はない。本来ならば、私自身に断る資格もないのだけど、と。

吉野は静かに、彼女の台詞を待っていた……。

カーン、と高い音がした。空気を裂き、天へ向かって突き抜けて行くような音。

舞台では、羽衣を返してもらった天女の、美しい序の舞が、薪の火に照らされて、妖しく映し出されていた。だが鹿子には、その舞台が何だか遠いもののように感じられた。

隣から、低い声が漏れ聞こえてきた。地を這うような、低い低い声。
「……あの頃の私は、自分しか見えなかった。それでも彼女は、よく尽くしてくれました。そして、それが当たり前のように思えてきた時……彼女を失ったのです。永遠に……」
深い悔恨からか、彼の顔は蒼ざめてみえた。その声は、背中に冷たいものが走る程、低く暗かった。
「それでも私は、『天上音楽』を探さずにはいられないのです。彼女が言い残したそれを見つけさえすれば、必ずや彼女に辿り着く。そう信じているのです。たとえ、愚の骨頂と言われても……」
東遊《あずまあそび》の　数々に
その名も月の　色人は
三五夜中の　空にまた
満願真如の　影となり……
地謡方の声がする。だが鹿子には、それが舞台からというより、もっと遠いところから聞こえてくるような気がした。静かに、彼は言葉を紡ぐ。

「……『天上音楽』を見つければ、私はやっと眠りにつけるのです」

第六章

高いところから落とされたような衝撃を受けた。鹿子は目を開く。一瞬、自分が何処にいるのか、これは夢なのか現実なのか判らなかった。少しずつ思考が流れ出すと、眠っていた事に気づき、愕然とする。アナウンスの声は薪能の終了を告げ、人垣は動き始めていた。彼女は、ふと隣に目を向けて、息を呑む。藤倉の姿が消えていた。

「――藤倉さん⁉」

思わず名を呼んだが、返事はない。人々は皆、舞台から離れようと、幾重もの列を作って流れている。その中から、たった一人を見つけ出す事は、困難だった。

人波に押されるようにして、鹿子は受付のところまで歩いていった。すると、

「竹前さん。従兄の竹前さんが、終わったら控え室に来てくれっておっしゃってましたよ」

花束をお願いした受付の女性が、そう声をかけてきた。鹿子は思わず足を止める。後ろからぶつかってきた人が、迷惑そうに鼻を鳴らした。彼女は人波から逃れ、社務所へと入った。背後から受付の一人が追って来て、控え室まで案内する、と言ってくれた。

スリッパに履きかえて廊下を道なりに歩いて行くと、やがて明るい談笑の声が聞こえて

きた。出演者達だろう。舞台を無事に終えた、という安堵感が、気持ちを軽やかにさせているのだ。

襖を外して、二十畳くらいの広さにした縦長の和室へ辿り着くと、受付の女性は手前の出入口から中を覗き込んで、

「竹前さん、従妹の方が来てますよ」

そう声をかけた。

かけられた本人は素早く振り返り、受付係の陰になるように立っている、その人に目を止めた。

「……鹿子!」

駆け寄ってきて、まじまじと従妹を見つめると、小さな吐息を一つつき、

「今回は、来ないかと思ってたよ」

「本当に？　じゃあ、何故受付の人に、従妹が来るかも、なんて言ってたの？」

茶化すように告げ、悪戯っぽく目を向ける鹿子に、夏生は顔を綻《ほころ》ばせた。そして。

「菖蒲、懐かしかったよ。昔は、この時期になると菖蒲を持って家に遊びに来てたよな」

「……だから来たの。これが最後かもしれないでしょう？　夏生兄さんのところへ、菖蒲を持っていくのは」

　何気なく鹿子は言う。途端に彼の顔は凍りついた。不自然な沈黙が流れ、二人は見つめ合っていた。と言うより睨み合っていた。先に視線を逸らしたのは、夏生だった。

「……帰るわ。今日は、招待してくれて、有難う」

「待てよ。俺も、もう帰るんだ。送ってくよ」

「いいわよ、石段下でタクシーを拾うから。……その方が良いでしょう？」

「なら送るよ。そこまで」

　鹿子が返事をするよりも早く、彼は先に立って歩いて行く。彼女も何も返さず、大人しく夏生の後をついて行った。

　社務所を出て、再び玉砂利を踏む。人波は既に引き、夜の冷ややかな風が肌を撫でる。その時になって、鹿子は自分が羽織っていたカーディガンを身に付けていない事に気づいた。

「夏生兄さん、席に一度戻っても良い？」

「どうしたんだ？」

「カーディガン、忘れてきちゃったみたい」

そう言って、彼女は舞台の方へと駆け戻った。が、自分の席の周辺に目的のカーディガンは見当たらない。

「……おかしいな……」

「受付や関係者に、後で聞いといてやるよ」

そう返すと、くるりと背を向けて石段を下りて行く。見当たらない以上、仕方ない。鹿子は、小さな嘆息を漏らし、その後を追った。

静まり返った空気の中、列車の通り過ぎる音が風に乗って聞こえてくる。乱れる髪を押さえながら、鹿子は前を行く背中を見つめた。従兄が履いた下駄の高い音が木霊《こだま》する。母親譲りの撫で肩の体形を彼は嫌っていたが、和装するとそれは長所となり、よく映えた。本人も自覚していたのだろう。だからこそ、日本的なものに惹かれたのかもしれない。

「……着物、着なかったんだな」

振り向きもせず、彼が声をかけてきた。

「うん。気が変わったの」

「――伯父さん達に何か言われたのか？」

「お父さんもお母さんも、何も言わないわ」

「……はっ」

疲れたような投げやりな笑いが、夏生の口から漏れた。彼女は口を噤む。

風に混じる樹木の匂い。電灯の下を通り過ぎる度に伸びては縮む、二つの影。だがそれらは一定の距離を保って、決して交わらなかった。車の行き交う音が、少しずつ大きくなってきた時、不意に前を行く夏生の足が止まった。鹿子も歩みを止める。

「……鹿子、伯父さん達に、もう一度話してみよう」

振り向いて、彼はそう告げてきた。彼女は薄い微笑を浮かべる。それは喜びからではなく、自嘲めいたものだった。

「まだ間に合うだろ」

「……無理よ、もう」

「諦めて、親父が紹介した男と一緒になるってのか？　本気で？　六つも年上だろう」

「……諦めたからじゃないわ」

彼は目を剥いた。が、すぐに嘲るような表情を浮かべた。

「……そうか。お前は、楽な方へ逃げたんだ」

鹿子は無言のまま、従兄の歪んだ表情を見つめていた。そして。

「……逃げちゃ、いけない？」

「……何だって？」

「強くなくちゃいけないの？　誰のために？　夏生兄さんのために？」

従兄は、啞然とした顔をした。

「……ここで良いわ。有難う」

そう告げ、彼女は夏生の横を通り過ぎようとした。その時、突然腕を掴まれ、抱きすくめられた。即座に鹿子は、身を捩って従兄から離れると、独り、ゆっくりと石段を下りて行った。振り向きもせず。追ってくる下駄の高い音は、聞こえてこなかった。

石段の下でタクシーを拾う。行き先を告げ、彼女はシートに背中を預けた。窓に目を向けると、街の灯と共に、自分の表情が映っていた。疲れきった顔だ。が、後悔しているような色はない。

（……良かったんだ、これで……）

吉野との婚約は半分反古になっているような状態だし、夏生との件は、彼女なりに結論を出してしまった。全てが白紙に戻ったようなものだ。両親が聞いたら、どんな顔をするだろう、と鹿子は小さな吐息をついた。

家の前でタクシーは停まり、彼女が車から降りると同時に、玄関のドアが開いた。

「鹿子、帰ったの!? 今、神社に電話していたのよ！」

上擦った声で、母親が早口に言った。顔は強張り、蒼ざめている。ただならぬ様子に鹿子は、

「どうしたの？　何かあったの!?」

思わず声を潜めた。母親は数度頷き、口を開いた時、背後から現れた父親が割り込んだ。

「話は後だ。車を出すから、早く乗りなさい」

「車って……どこへ？」

「病院だ」

「病院!?」

父親は車庫に入り、即座に車を表に出した。母と娘は飛び込むように車内に乗り込む。と同時に、慌ただしく車は動き出した。

「鹿子、落ち着いて聞くのよ」

と、母親は声を震わせながら言う。お母さんこそ落ち着いて、と声に出そうとしたが、敢えてやめて、母親の次の台詞を待った。

「——吉野さんが、事故に遭ったの。交通事故」

その言葉に、鹿子は一瞬、理解できないものを感じた。反応を示さない娘に、母は同じ台詞を繰り返す。驚愕は、ゆるゆると上がってきた。鹿子は弱々しく首を横に振る。口元に強張った笑みが浮かんだ。

「嘘よ……そんなの……」

「本当よ。……夕方、高速の近文インターの近くで玉突き事故が起こって……吉野さん、巻き込まれたの……」

膝の上に置かれた握り拳が、カクカクと震えた。信じられなかったのだ。夕方、と言えば、薪能が始まるくらいの時間。あの時、吉野が事故に遭っていたとは。

「旭川の病院に運ばれた、と先程、札幌の方から電話があったのよ。お父様と、お兄様夫婦も、今こちらに向かっているわ。けど、札幌からだと、車で二時間弱はかかるから……」

鹿子は震える拳を口元に持って行った。今では全身が震えていた。なのに、頭の中は真っ白なのだ。何も考えられなかった。

そんな娘の様子に、母親は口を噤む。車の運転をする父親も、黙り込んだまま、ただ前を向いていた。

病院へ着くと、吉野はまだ手術中で、札幌の家族もまだ到着していなかった。手術室の前のベンチに腰を下ろし、三人は黙り込んだまま「手術中」の赤いランプを睨んでいた。どのくらいの時間が経ったのか、鹿子には判らなかった。長かったようでもあり、短かったようでもある。が、不意に彼女は立ち上がった。両脇に座っていた両親は、驚いたように娘に目を向ける。鹿子の目は、一点に向けられていた。手術中、のランプが消えたのだ。

扉が開けられ、手術用の着衣を身につけた数人の看護師に囲まれて、吉野が運ばれてきた。輸血と人工呼吸器を使用し、朱が滲む包帯に包まれた吉野の顔色は、土気色をしているように見えた。鹿子は、声すらも出なかった。ただ、運ばれて行く吉野を見送る。追いかけようにも、足が石のように動かない。

「先生」

父親が、後ろから現れた四十代後半の男性に声をかけた。医師は、父親、鹿子、母親と順番に目を向け、

「ご家族の方ですか？」

と、訊ねてきた。

「違います……けど、彼は娘の婚約者です」

その言葉に、医師は鹿子に目を向ける。そこに浮かんだ憐憫の色。彼女は頭から冷水を浴びせられたような気がした。

「……肋骨を三本骨折していますが、幸い内臓に傷はついておりませんでした。全治二ヶ月です。ただ……頭部を打撲しております」

「それは、どの程度の……」

「今は何とも……まずは、ご家族とお逢いしないことには……」

そう言って、医師は立ち去って行った。両親は心配気に目を合わせていたが、鹿子は嫌な予感がしていた。先程、彼女自身に向けられた医師の目。両親は気づいていないようだったが、あの目は、とても良い前兆とは思えない。

個室に入れられた吉野は、ただ眠っているように見えた。人工呼吸器はつけられたままだったが。鹿子は枕の側にパイプ椅子を持ってきて、吉野の顔を見下ろしていた。医学の知識も医療のノウハウも持っていない鹿子はこんな時は手も足も出ない。ただ、こうして座っているだけだ。見ていて、吉野が回復するはずもなく、何も出来ない無力さを苦く噛み締めるだけ。

両親は病室の外にいたが、慌ただしく近づいてくる複数の足音が、病室の前で止まり、両親と二、三の会話をしているようだった。そしてドアが開き、見覚えのある人々が入ってきた。鹿子は椅子から立ち上がると、深々と頭を下げた。

「……鹿子さん、驚いたろう」

吉野の父親は、そう彼女を労ってくれた。鹿子は声もなく、ただ項垂れる。

「冬でもないのに玉突き事故とは……征史も運が悪いな……」

兄が、そう呟いた。哀れむように。

「和哉さん、お義父さん。まずは、お医者様のところへ行ってきたら？　どんな状態なのか聞いてみないと判らないじゃない」

鹿子は目を向けた。この人が、お義姉さんなのだろう。家中が明るくなった、と吉野が感謝していた人。普段は、明るい雰囲気の活発な人なのだろう。流石に今は、心配気に眉を寄せているが。

二人が出て行くと、病室には眠る吉野と義姉、鹿子だけが取り残された。

「……心配しなくても大丈夫よ」

そんな声がして、鹿子は目を上げた。義姉は、元気づけるように、にっこりと笑いかけた。そして。

「征史さんは、結構しぶとい性格してるから、事故くらいで参ったりしないわ。あなただっているんだし」

その言葉に、鹿子は返す言葉もない。

「征史さんね、よく言ってたわ。あなたは、とても綺麗な人だって。外見以上に中身がね。だから、義姉さん、イジめたりするなよ、て。そんなあなたを置いていったりしないわ」

「……私は……綺麗じゃありません」

涙が零れた。途端に、身体の奥から波のようなものが迫《せ》り上がってきた。閉じた瞼から次々に涙が溢れ、零れ落ちていく。

吉野が事故に遭った時、自分は薪能を見ていた。理由は何であれ、従兄に逢いに行っていたのだ。こんな事になっているとも知らずに。吉野が事故に遭ったのも、元はと言えば自分に逢うためだったはず。彼が何故、旭川に向かって来たのかは判らないが、こちらに来さえしなければ、こんな事に巻き込まれることもなかった。

　何と言って詫びれば良いのか判らない。鹿子は両手で顔を覆った。それを見て、義姉は励ますように肩を軽く叩いた。そして。

「泣かないでよ、私が泣かせたみたいじゃないの。征史さんに怒られるわ」

　その時、病室のドアが開いて、吉野の父親と兄が姿を現した。

「どうだったの？」

　義姉は、兄の方へ駆け寄って、声を潜めて訊ねた。が、彼は無言のまま、何も答えない。

「鹿子さん、今日は、もう遅い……。お帰りになった方が良い」

吉野の父親は、彼女に向かって、そう告げた。

「……でも……」

「鹿子、お暇しよう」

病室の外から、父が声をかけてきた。その声には、妙に抗えない強い響きがあった。仕方なしに頷き、鹿子は吉野の家族に丁寧に頭を下げ、両親と共に病院を後にした。

家へ戻る間、誰も何も話さなかった。車内は、不自然な沈黙に満ちていたが、それに鹿子は気づかなかった。まるで長い旅から帰ってきたように、心身共に疲れ果てていたのだ。

真夜中の一時を過ぎた頃、やっと我が家に到着した。鹿子はすぐにでも横になりたかったが、父親がリビングに来るように告げた。

「……吉野くんの状態だが……」

その言葉に、鹿子は目を上げた。そんな娘を父親は痛々しそうに見つめながら、

「肋骨は完治するそうだ。だが、事故で彼は強く頭を打撲したらしい。……高速道路だから、スピードも出ていたんだろう。脳幹も含めて、脳に傷害を受けたようだ」

「……でも、治るんでしょう?」

「……鹿子、医師は助かる事はむずかしい、とおっしゃったそうだ」

息が、止まった。時計の針の音が、やけに大きく耳を突いた。言葉もなく、黙り込む娘に、父親は目を逸らしたまま。

「……助かったとしても、何らかの障害が残らないとも限らない。……脳だからな」

「……じゃあ……助かる可能性もあるのね?」

縋るような目をする娘に、父親は深々と嘆息を漏らすと、

「……吉野さんのお父さんも、お兄さんも、婚約を破棄してほしい、とおっしゃった」

鹿子は絶句する。二の句が継げなかった。呆然とする娘に、父親は正面から見据えると。

「私も、その意見には賛成だ。他にも話はあるだろう。吉野くんは助からん。助かったとしても、事故の後遺症が残らないとも限らない。みすみす苦労するだけだ。結婚していなかったのが幸いと思って……」

「……どうして?」

静かな、山間の湖のように深閑とした静かな声が、そこに入った。鹿子の父親を見る双眸に、怒りや侮蔑の色はなかった。ただ、信じがたいものでも見たような、狼狽の色だけが濃かった。

「……お父さん、どうして、そんな事が言えるの？」

父親は黙り込む。傍らの母親は、終始無言のままでいた。鹿子は立ち上がると踵を返し、蹌踉とした足取りで、リビングを出て行こうとした。

「鹿子」

呼び止められ、彼女は足を止める。その娘の背中に向かって。

「私が望むのは、お前の幸福だ。娘の幸福を願うのは、親なら当然の事だ。……たとえ、お前に軽蔑されても」

「……軽蔑なんかしない。ただ、辛いだけ。お父さんに、そんな事を言わせている私自身に腹が立つだけ……」

振り向きもせず、そう返すと、鹿子は後ろ手にリビングのドアを閉めた。そして二階の自室へ入ると着替えもせずにベッドの上に腰を下ろす。

吉野くんは助からん、そう言った父親の声が、頭の中で響いていた。同時に、病院のベッドに横たわった姿が目に浮かんだ。鹿子は俄には信じられなかった。父の言葉も、病室の光景も。現実なのに、夢のようにしか思えなかった。

「……夢なら、とんでもない悪夢だわ」

そう呟き、彼女は嗤った。あの、大きな丸い黒目がちの瞳が開かないとは。深く、温かい響きの声が聞こえないとは。他者を包み込むような優しい笑みが見られないとは。

「……あなたに、我が家の家宝をお見せしましょう」

昨年の夏、札幌へ訊ねた時、吉野はそう言った。まるで遠い昔の話のようだ。

彼は、マンションの収納棚の中から、古い細長い木箱を取り出して持ってきた。蓋を開けると赤茶けた布に大切に包まれた軸だった。

「これは、僕が美人画を蒐集するきっかけとなったものなんです」

そう言って、彼女の前で軸を広げて見せた。一目見て、息を呑んだ。冷気が背筋を走った。現れたのは、椿の樹を背景に立つ女性。青黒い背景の中、その椿の黒とも赤とも呼べぬ色が不気味だった。女性は乱れ髪で虚ろな瞳をしている。足は素足。地に落ちた椿の花を踏みしめている。黒褐色の地色の着物には青紫の秋草模様。黒の帯。朱の帯揚、帯締と臙脂の半衿が、沈んだ色合いの中から浮かびあがっているように見えた。そして、女性の抜けるように白い肌も。

何よりも、その女性の美しさに、鹿子は目を奪われた。絵の中の女性は美しい。それは自明の理だが、それでもこの女性は際立っていた。

「……この絵は、有名な画家が描いたんですか?」

「いいえ、これは無名の画家の作品です。本当に、名も残っていない」

「そんな……信じられません」

心底、鹿子は告げた。冷ややかな鋭い光に輝く美貌。高貴な顔立ち。これ一つで、画家の名を残すのに十分だと思った。

「この絵には逸話があるんです。一人の男が病気の療養のため、遠縁の者を頼って北陸へ向かった。その地には類い稀な美貌の女性がいた。その女性と懇意になった男は、どんどん女性に惹かれていった。ところが女性には、思い人がいた。その相手は、胸を病んだ若い画家だった。女性は、よく画家のモデルになった。画家も一心に女性を描き続けたが、女性の気持ちには全く気がつかなかった。女性も、思いを告げようとしなかった。何故なら女性は、人妻だった……」

「まぁ……」

「この絵を描き上げた後、女性は死んでしまうんです。画家の病気が移ったのかもしれない。画家は、この絵だけを男に託し、他の絵は全て処分した。そして、何処へともなく姿を消した。その男というのが、僕の祖父なんです」

「……本当に、こんな綺麗な人が、この世にいたんですか?」

「祖父は既に彼岸の人となっておりますから、真相は判りませんが、まぁ、綺麗な人だった事は間違いありませんね」

そう言って、吉野は掛軸を丁寧に巻き始めた。そして。

「祖父は、この女性を忘れられなかったのでしょう。持ち運びが便利なように、こうして軸にして持っていたくらいですからね」

「素敵ですね……つまり運命の女、て訳ですね？……けど、何だかお祖母様が可哀いそう」

そう返すと、吉野は困ったように笑った。軸を布に包み、木箱に戻すと。

「運命の相手に逢う可能性は短い一生では無に等しいのですから、そう思えた相手に巡り会えただけ、祖父という人は羨ましいですよ」

遠い目をして、そう呟いた。夢見る子供みたいな人だ、と鹿子は少し微笑ましかった。絵画とか彫刻とか、そういったものに値段をつける職業の人だから、現実的で冷めているのか、と思っていたからだ。

夢なら早く冷めて欲しい、そう祈りながら鹿子は目を閉じる。

（大切なものは失わないと判らない）

藤倉の台詞が、唐突に脳裏を過った。驚愕して、思わず鹿子は目を見開く。こんな時にあんな言葉を思い出すなんて、と彼女は動揺を隠せなかった。まるで先を予言しているようだ、と。激しく頭を横に振り、彼女はベッドに倒れ込む。気のせいだ、いろんな事があって気が弱くなっているんだ、そう自分に言い聞かせながら。彼女は固く目を瞑り、両手で耳を押さえる。今は、もうこれ以上、何も見たくなかった。何も、聞きたくなかったのだ。

第七章

目が覚めると、カーテン越しの光が、室内を明るくしていた。昨夜――正確には今日の深夜だが――あのまま眠ってしまったらしい。服も昨日のままだ。

「あ――……ワンピースがシワシワ……」

我が身を見て、ポツリと呟く。今日ばかりは、いつも見る、あの絵の夢を見なかった。すっかり熟睡していたのだろう。

「私って……本当、ズ太い神経……」

吉野が心配で一睡も出来なかった、と言えば、まだ可愛気もあるが、昼近くまで（カーテン越しで、これだけ部屋の中が明るいのは、どう考えても昼の日差しだ）眠っていたのだから、救いようがない。

彼女はカーテンを開いて、リビングへと向かった。両親の姿はなかった。

その時、電話が鳴り響き、彼女は受話器を取った。相手は、思いがけない人だった。

「……和枝先生」

「久し振りやな、鹿子さん。例の物《モン》、届いたか？」

「あ、はい。でも受け取れません。そう手紙を添えて、お返ししようかと……」

「ええて、大先生の遺言やし、もろうといて。気持ちや、思うて」

「でも……あんな高価なもの、赤の他人の私が……」

「そう思うなら、大事に使《つこ》うたってな」

そう言って、電話は一方的に切れてしまった。彼女は短い溜め息をついて受話器を置くと、部屋の隅に立てかけてある長い箱を見つめる。先生が愛用された箏爪とか、そういった物だったら、こんなに悩まなかったのだけど、と思いながら。

家のチャイムが鳴った。驚いて玄関の方へ行く。再びチャイムが鳴り響いた。

「どちら様ですか？」

従兄だろうか、そう思った。だとしたら、今は顔を合わせたくはなかった。ところが。

「藤倉です。昨夜は、お世話になりました」

意表をつく人物だった。思わず鹿子はドアを開ける。本当に藤倉が立っていて、無邪気そうな笑顔を浮かべていた。呆気に取られたまま、ただただ彼の顔を見上げている鹿子の目の前に、彼は見覚えのあるグレーのカーディガンを差し出した。

「昨日、忘れていかれましたよ」

「あっ……すみません」

道理で見あたらなかったはずだ、と彼女は受け取る。そのまま踵を返そうとする藤倉を呼び止め、家に上がるよう鹿子は勧めた。

「何もありませんけど、お茶くらいはお出しします。カーディガンのお礼に」

不思議な事に鹿子は、彼が何故彼女の家を知っていたのか、と不審にも思わなかった。藤倉は変わった存在、と受け入れてしまっていたのだ。誰もいない家に、よく知りもしない人間を入れるのは、冷静に考えてみれば不用心な事かもしれないが。

ソファに腰を下ろした彼に、お茶とお茶菓子を出した時。

「あれは……箏ですか？」

部屋の隅に立てかけられたものを見て、彼はそう訊ねてきた。彼女も振り返り、

「ええ。以前、良くして頂いた先生から贈られてきたものなんですけど……」

「……『彼女』も、よく弾いていました……」

「あの『天上音楽』の?」

そう訊ねると、彼は小さく頷く。目を細めて箱の中の箏を見つめた。懐かしむように。

「……お見せしましょうか?」

鹿子は立ち上がり、箱をそっと床に下ろすと、中から箏を取り出した。黒光りする台、輝きの褪せない桜と紅葉。何度見ても見事な物だ。何年、何十年と見続けていても、恐らく見飽きる、という事はないだろう。

「この箏は不思議なんです。ほら、春の桜、秋の紅葉、箏柱には雪があるのに、夏だけがないんですよ」

「……何か、弾いて頂けませんか?」

不意に、藤倉が言った。きょとん、として鹿子は、彼を見つめる。彼は、控えめな笑みを浮かべた。

「……厚かましかったですか?」

「いいえ、そんな……。何を弾きましょうか」

「……『瀬音』を」

鹿子は箏爪を持ってきて、弦の調子をみた。そんな様子を藤倉は、懐かし気に見ている。かつての恋人を思い出しているのかもしれない。

「……一つ、お聞きしたいんです。とても不躾な質問かもしれませんけれど……」

「何でしょうか」

「……天上音楽の彼女は、ご病気か何かで亡くなられたんですか?」

彼は黙り込む。が、その表情は平然としていた。鹿子の質問を大体予測していたのかもしれない。

「自ら命を断ったのです」

中指に箏爪を入れた手が、止まった。が、鹿子は口を一文字に結び、それ以上は何も言わなかったし、訊ねなかった。彼も、声を発しなかった。ただ、鹿子が演奏するのを待っている。室内は、妙なくらい静まり返っていた。明るい外の光が、やけに遠い。

彼女は唐突に演奏を始めた。激しい、転がっていくような旋律。箏の曲、というと、有名な「春の海」や「六段」のように、音の余韻を楽しむ、ゆったりとした曲を連想するが、「瀬音」はテンポが早く激しい。鹿子はこの曲を聞くと、いつも崇徳院の和歌を思い出す。「詞花集」に載っており、百人一首の中にも選ばれている。

瀬をはやみ　岩にせかかる　滝川の
　割れても末に　会はむとぞ思ふ

この歌を。恋の詠となってはいるが、かつて天皇として立ちながら、その位から落とされた院の、もう一度実権を握ってみせる、といった執念にも似た決意のようにも感じる。箏を奏でながら、鹿子は一度も吉野の前で弾いた事がなかった、と思い出した。彼は、とても聴きたがっていたが、「結婚してからの楽しみに、取っておく事にしよう」と言っていた。

あれは昨年の九月、吉野が車でやって来て、層雲峡へ行こう、と誘った時だった。彼女の家からだと、一時間半くらいかかるのだが、国道三十九号線をひたすら東へ向かって走れば辿り着くので、道順は難しくはない。

「一度、層雲峡の紅葉を見たかったんですよ」

子供のような表情をしながら、吉野は嬉し気に言った。この人は、嬉しい時は本当に嬉しそうな顔をする。子供みたいだ、と鹿子は微笑んだ。

「九月末でも層雲峡は結構、冷えますよ?」

「それが良いんですよ。その冷えこそ、木の葉を色づける要因ですから。寒暖の差が大きい程良い」

高い山に囲まれた、冷えた空気に満ちる土地。層雲峡に対して、鹿子には、そんなイメージがある。人を拒んでいるような、山水図のような場所、と。曇った空、厚い雲が山の頂上を覆い隠していた。柱状節理と呼ばれる、柱が並んでいるような垂直な岩肌が、重たげな雲を支えているようだった。その岩壁を既に、白樺の黄が飾っていた。車を止め、二人は遊歩道を行くと、木の葉陰が開かれて、目の前に絶壁から流れ落ちる『流星の滝』が見えてきた。裏白七竈の赤と常緑樹の緑のコントラストが、遠目にも綺麗だった。

「今年は雨が少なかったから……滝も何だか細いようですね。雪解けの頃は、もっと勢いがあるんですけど」

「ここから見れば、細くも見えますよ」

「もう少し先へ行くと『銀河の滝』があるんです」

二人は足を進めた。吉野は先に立って歩いた。遊歩道は、それ程広くない。薄暗い空気の中、葉も枝も、こそとも動かない。川の瀬音が聞こえてくるが、その音が気にならない。何故か、静寂という言葉が、鹿子の脳裏に浮かんだ。そんな中で赤い紅葉が、ゾッとする程の鮮やかさで目の前に現れては、過ぎて行った。

「……鹿子さん、京都の紅葉も素晴らしいのでしょうね」

「ええ。古都に相応しい、風雅な紅葉でした。あでやかで、品があって」

「僕は、東北の紅葉なら見た事があるんです。寂し気な風情が幽邃《ゆうすい》とした東北の風景に映えて、とても惹かれました」

「十和田湖とか八甲田山とか……蔵王も有名ですよね。……でも、どなたと行かれたんです？」

振り返って吉野は、悪戯っぽく笑った。

「気になりますか？」

「……だって男の人が一人で寂しい紅葉を見るのは、侘びし過ぎませんか？」

「そうですね」そう言って吉野は笑ったが、誰と、とは答えなかった。そして。

「ここの紅葉は、どちらとも違いますね。特に、こんな曇りの日は」

彼は足を止める。鹿子も歩を止め、彼を見上げた。遊歩道に他の人影は無く、相変わらず辺りは静まり返っていた。

「自分の影まで吸い込まれてしまいそうな暗い空気の中で、突然炎のような赤い紅葉が目に飛び込んでくる。……闇の中に浮かぶ飛び火のようで、背筋がゾッとします。色鮮やかで綺麗なのだけど、美しい、というより凄まじい気がします」

「そんな風に、ここの紅葉を見た事はなかったですけど……まるで、あの掛軸の絵のような表現ですね」

そう返すと、驚いたように吉野は彼女を見つめ、そして屈託なく笑った。

「僕も、そう思ったんですよ」

彼は山を見上げた。頂上は未だに見えなかったが、山々は迫ってくるようだった。まるで覆い被さってくるかのように。水を含んだ樹木の匂い。枯れ葉の朽ちていくにおい。姿は見えないが、どこからか鳥の声がした。

「……大町桂月《けいげつ》って名前は、ご存知ですか?」

前に向かって、鹿子は訊ねた。目を向けて、吉野は首を横に振った。

「層雲峡の名付け親でもある明治の文人です。その人が、こう言っているんです。『富士山に登って山岳の高さを語れ。大雪山に登って山岳の大きさを語れ』って」

「その大雪山を見て、あなたは育ったんですね」

彼はそう言って微笑んだ。この時、鹿子は「こういう人、好きだな」と思ったように感じる。もしもこの時「そうなんですか」とか「物知りですね」等の、ありきたりな台詞を彼が口にしていたら、そうは思わなかっただろう。

だが、その事を一度も、吉野に伝えなかった。伝えようともしなかった。……こんな事になろうとは、考えもしなかったから。

「………あっ」

箏爪が違う弦を弾《はじ》いて、曲が乱れた。そのまま鹿子は手を止める。俯いて、ただ唇を噛み締めた。後になってから後悔しても、もう遅過ぎる。そう思うと、自分自身が腹立たしく、口惜しかった。

「……その箏に夏のものがないのは、持ち主が『夏』を意味する名前だったからですよ」

驚いて鹿子は目を上げた、藤倉は箏を見つめたまま、静かに言葉を紡ぎ続ける。

「……彼女の名前は、葵と言いました。箏と舞の名手でした。よく『瀬音』を奏でていました」

「……藤倉さん？」

「どんな思いで奏でていたのか……多くを語らぬ彼女が奏でる『瀬音』は、美しくて激しかった。……まるで、自分の感情を曲にのせて吐露しているように。……けれどあの頃の私は、自分しか見えていませんでした。ただ、絵を描く事しか考えていなかった。彼女の事は、微塵も頭になかった。モデルとして……絵の題材としてしか見ていなかったのです」

鹿子は目を見開く。不意に浮かんだ考えに、まさか、と思ったのだ。とても信じられなかった。吉野の祖父の若かりし頃、大先生の手にわたるよりも前に使われていた筝。では、この目の前にいる、自分と変わらない年頃の男は何者なのか。

座り込んだまま、彼女は動けなかった。ただ視線だけが、彼を喰い入るように見つめる。

「……でも、やっと判りましたよ。『天上音楽』の意味が……。それは、失ってしまった懐かしい音楽の事なのですね。私にとっては、彼女の奏でる『瀬音』こそが『天上音楽』なのでしょう。……ならば、彼女が聞いた『天上音楽』は、別のもの……私が探しているものと同じはずがない……」

その深い絶望の声に、鹿子は声も出なかった。男性にしては、やや高めの彼の声が、まるで地の底から響いてくるようだ。

「……それでも見つけなければ……私は、もう彼女の許へ行きたいのです……。葵の……

妹のところへ……」

鹿子はベッドから跳ね起きた。

自室だった。枕元の時計は朝の六時を示している。我が身を見ると、薪能を見に行った時と同じ、ワンピースのままだ。

吉野と層雲峡へ行った時の夢を見ていたような気がする。が、他には何も覚えていなかった。

「あ——……、ワンピースがシワシワ……」

そう呟き、目を瞠《みは》った。上川神社で見当たらなかったグレーのカーディガンが、足下に置いてあったのだ。

第八章

吉野の入院している病院は、鹿子の職場から、そう遠くないところにあった。

あの日から、毎日足を運んではいるが、吉野の容体は一向に良くなる気配がない。もう七月が、すぐ目の前となっていた。近々、札幌の病院へ転院させたい、と吉野の父親は鹿子に告げた。やはり実家から近い方が安心だから、と。着々と、転院の準備は進んでいた。

その日、早咲きの立葵の花が咲いていたので、鹿子はそれを剪って、吉野の病室へ向かった。彼は目を閉じたまま、何も言わない。眠った顔を見ていると、年相応の印象を受けた。

「……吉野さん、立葵が咲いたの。この花が咲くと夏が来るんですって」

声をかけたところで返事が聞ける訳でもない。鹿子はパイプ椅子を枕の近くまで持っていくと、彼の手を取る。伝わってくる温もりが、生きている感触が、今は胸が痛い程に愛おしい。

「……吉野さん、私、お見合いに行ったのは、結婚する気だった訳じゃなかった……。私、従兄への当てつけで行ったんです。私が、お見合いをしたって聞いて、少しでもショックを受けてくれたら良いって……」

そう言って、彼女は彼の手を握った。

「……けど、あの時、吉野さんは言いましたよね、覚えてます？……北海道では育たない樹がある。長く寒い冬に堪えられずに枯れてしまう。だから僕は、冬の雪原の中に立つ樹が好きなんです。花の鮮やかさも、青葉の明るさも、紅葉の艶やかさもなく、身を飾るものは何一つ持たない。けれど凍てつく大地も、深い雪も、身を斬るような風も受け入れて、いつしかその身を雪と氷に染めて、凛として立っている。その姿はとても清澄で美しく、何よりも強いから……って。その時、私……吉野さんに真冬の大雪山を見て欲しいって思ったんです。雲一つない、冬の晴天の空に浮かぶ、あの白い山々は、京都でもよく夢に見ました。綺麗に晴れ渡った姿が見られるのは、一冬の間でも三度か四度くらいだけど……。でも、私にとって、この世で最も綺麗で、泣きたくなる程懐かしい風景なんです。吉野さんに見せてあげたい。今年の冬に、一緒に見て欲しい。だから……」

涙が零れた。思わず鹿子は、吉野の手を両手で包み、口元に持っていく。もっと早く伝えれば良かった、その機会は沢山あったのに、と。後悔しないように生きる、そう友人に告げたはずが、既に何度後悔したか覚えていない。

「……………生きて……」

囁いた。彼の手を握り締めながら。

微かに、彼の指先が動いた気がした。

息を呑んで彼女は、吉野の表情に目を向ける。固く閉ざされた瞼は、ピクリとも動かない。何も変わりはなかった。気のせいか、そう思った瞬間、握り締めた吉野の手が、指先が微かに動いた。彼女の手を握り返すように。

病室の窓から、絹のように柔らかな風が流れ込む。立葵の花びらが、揺れた。

北国に、夏が訪れようとしていた。

あとがき

旭川を舞台にした小説を書こう、と最初に思ったのは、十年以上前に遡ります。ある著名な作家の先生が、作品の登場人物の一人に「旭川で恋愛はできない」と言わせていました。

その一文を読んだ時、私は旭川を舞台にした「恋愛」小説を書こう、と思ったのです。それは私が、普段読まないうえに、あまり書かないジャンルのものでもありました。

現在、北海道を離れて何年も経ち、故郷へ帰るのは夏と冬の数日だけ、という生活が続いております。短い日数を無理にでも帰るのは、勝手気ままに生活をしている私が、取りあえず生きている事を家族や友人に知らせるためですが、半分は、毛ガニとお鮨と旭川の地酒が目当てである事を否定いたしません。

けれど、飛行機に乗ると短時間で、窓の外の景色がガラリと変わります。空の色、大地の色、空気の色……。特に、真冬の夕暮れ時、厚い雲の下に広がる、沈んだ青い世界は、まさに静寂を絵に描いたようです。それらは私の「知っている」風景であり、目に馴染んだ世界なのです。

ここが私の原点。

そう痛感します。離れているからこそ、余計に思うのかもしれませんが。

原点に還る、という意味を込めて、北海道の、旭川という街を舞台に小説を書きました。とはいうものの、この作品の中の土地や街は、私の中で美化されている部分もあります。実際に住んでいる方や、知っている人が読むと、違和感を持たれるかもしれませんが、どうぞご容赦下さいませ。

またテレビや映画の中の北海道のイメージとは、重ならない部分もあるでしょう。それらを否定している訳でもなければ、イメージを変えたい訳でもありません。ただ、こういう風景もあるのだ、と知って頂ければ、嬉しく思いますが。

最後に、この本を手にして下さった方々、私が本を出す事を応援してくれた妹と友人達、何よりも、この拙い作品を形にして下さった文芸社の方々に、深く御礼申し上げたいと思います。

千司　澪

著者プロフィール

千司　澪（せんつか みお）

北海道出身。大谷大学文学部文学科卒業。
趣味は茶道と日舞。

天上音楽

2003年8月15日　初版第1刷発行

著　者　千司 澪
発行者　瓜谷 綱延
発行所　株式会社文芸社
〒160-0022　東京都新宿区新宿1－10－1
電話　03-5369-3060（編集）
03-5369-2299（販売）

印刷所　図書印刷株式会社

ISBN4-8355-6053-1 C0093